기획의 말

그리운 마음일 때 'I Miss You'라고 하는 것은 '내게서 당신이 빠져 있기(miss) 때문에 나는 충분한 존재가 될 수 없다'는 뜻이라는 게 소설가 쓰시마 유코의 아름다운 해석이다. 현재의 세계에는 틀림없이 결여가 있어서 우리는 언제나 무언가를 그리워한다. 한때 우리를 벅차게 했으나 이제는 읽을 수 없게 된 옛날의 시집을 되살리는 작업 또한 그 그리움의 일이다. 어떤 시집이 빠져 있는 한, 우리의 시는 충분해질 수 없다.

더 나아가 옛 시집을 복간하는 일은 한국 시문학사의 역동성이 드러나는 장을 여는 일이 될 수도 있다. 하나의 새로운 예술작품이 창조될 때 일어나는 일은 과거에 있었던 모든 예술작품에도 동시에 일어난다는 것이 시인 엘리엇의 오래된 말이다. 과거가 이룩해놓은 질서는 현재의 성취에 영향받아 다시 배치된다는 것이다. 우리는 현재의 빛에 의지해 어떤 과거를 선택할 것인가. 그렇게 시사(詩史)는 되돌아보며 전진한다.

이 일들을 문학동네는 이미 한 적이 있다. 1996년 11월 황동규, 마종기, 강은교의 청년기 시집들을 복간하며 '포에지 2000' 시리즈가 시작됐다. "생이 덧없고 힘겨울 때 이따금 가슴으로 암송했던 시들, 이미 절판되어 오래된 명성으로만 만날 수 있었던 시들, 동시대를 대표하는 시인들의 젊은 날의 아름다운 연가(戀歌)가 여기 되살아납니다." 당시로서는 드물고 귀했던 그 일을 우리는 이제 다시 시작해보려 한다.

기획의 말

그리운 마음일 때 'I Miss You'라고 하는 것은 '네게서 당신이 빠져 있기(miss) 때문에 나는 충분한 존재가 될 수 없다'는 뜻이라는 게 소설가 쓰시마 유코의 아름다운 해석이다. 현재의 세계에는 틀림없이 결여가 있어서 우리는 언제나 무언가를 그리워한다. 한때 우리를 벅차게 했으나 이제는 읽을 수 없게 된 옛날의 시집을 되살리는 작업 또한 그 그리움의 일이다. 어떤 시집이 빠져 있는 한, 우리의 시는 충분해질 수 없다.

더 나아가 옛 시집을 복간하는 일은 한국 시문학사의 역동성이 드러나는 장을 여는 일이 될 수도 있다. 하나의 새로운 예술작품이 창조될 때 일어나는 일은 과거에 있었던 모든 예술작품에도 동시에 일어난다는 것이 시인 엘리엇의 오래된 말이다. 과거가 이룩해놓은 질서는 현재의 성취에 영향받아 다시 배치된다는 것이다. 우리는 현재의 빛에 의지해 어떤 과거를 선택할 것인가. 그렇게 시사(詩史)는 되돌아보며 전진한다.

이 일들을 문학동네는 이미 한 적이 있다. 1996년 11월 황동규, 마종기, 강은교의 청년기 시집들을 복간하며 '포에지 2000' 시리즈가 시작됐다. "생이 빛났고 힘겨울 때 이따금 가슴으로 암송했던 시들, 이미 절판되어 오래된 명성으로만 만날 수 있었던 시들, 동시대를 대표하는 시인들의 젊은 날의 아름다운 연가(戀歌)가 여기 되살아납니다." 당시로서는 드물고 귀했던 그 일을 우리는 이제 다시 시작해보려 한다.

악공, 아나키스트 기타

문학동네포에지 030

신동옥 시집

악공,
아나키스트
기타

시인의 말

아침에는 인두겁을 벗어 벽장에 걸었다. 간신히 일인칭이 되어 거리로 나섰다. 바람처럼 샛길로만 다녔다. 걸음을 멈추면 외계의 종점으로 몸이 먼저 옮아갔다. 무수한 낱낱의 표정들, 일사불란한, 상처도 구체적으로, 아픔도 구체적으로.

누구에게도 기대지 않았다. 무언가를 갈망하지도 않았다. 낮에는 허무하려 애썼다. 혼자였고, 혼자이기 위한 싸움은 계속된다. 우주가 주검이 되어 식탁에 놓인다 해도 나는 놀라지 않을 테다.

방문을 열면 시린 무릎이 먼저 들어가 앉는다. 밤이면 냉정하려 애썼다. 부드럽게 부푸는 흰 종이의 척후병, 한 꺼풀씩 몸에 들씌운 인두겁을 벗어 재웠다. 그것은 번번이 비정한 울음이었다.

여기 한 권의 시집이 당신 앞에 놓였다. 행간에서 심장까지 가닿는 간극을 손톱으로 헤아리며, 책갈피를 넘기는 당신의 손가락도 있다. 나는 단 1초 동안 기쁘고, 다시 홀로 있으라. 마침내 당신은 내 지음(知音)이 되라.

2008년 2월
신동옥

개정판 시인의 말

54편을 엮어 만든 『악공, 아나키스트 기타』(랜덤하우스, 2008)를 그대로 되살리려 노력했다. 다만, 지금의 눈으로 살피려 해도, 그때의 마음으로 품으려 해도 쉬이 보아 넘기기 힘든 5편은 버렸다. 나머지 49편을 초판의 구성과 순서 그대로 실었다.

우려했던 대로 '악공'은 내 페르소나가 되었다. 한동안은 부러 악공을 등지고 썼다. 악공은 힘이 셌다. 악공과 드잡이하며 일인칭을 단수에서 복수로 받아들이는 법을 배웠다. 그러고 나서야 적과 사귀는 이치를 깨달을 수 있었다.

요행으로 지음을 얻었으되, '홀로 있으라'는 그제의 다짐은 이제의 생활이 된 듯도 하다. 여기 한 권의 시집이 다시 당신 앞에 놓였다. 행간에서 심장까지 가닿는 간극을 손톱으로 헤아리며 책갈피를 넘기는 당신의 손가락도 있다.

2021년 7월
신동옥

차례

2부 그가 죽자 서서히 생명선이 지워졌다

3부 모든 영혼에는 파수꾼이 있다

1부 영혼은 깃발로 가득하다

—빅토르 하라

사육제의 나날

당분간은 당신의 죄악을 노끈으로 동여매 집밖으로 내놓으십시오.
쥐들이 돌아가는 길마다 슬픔이 창궐합니다.

쓰러진 자들을 짓밟고 춤추며 교회당으로 몰려가는 무리를 보십시오.
새벽입니다. 손을 맞잡고 이마를 맞대고 육식에 힘쓰는 시간입니다.

마지막 날
이윽고 스테인드글라스 위로 빛이 스미겠지요.
누구고 이 성스러운 병(病)의 벽을 깨부술 수는 없습니다.

당신이라는 별에 이르는 법

—빌헬름 콘라트 뢴트겐의 경우

1895년 누군가 나의 우주에 **알 수 없는** 선 하나를 그었다. 아내여, 순간 당신이라는 구체적인 입방체가 일그러지는 소리를 들었다. 당신의 왼손 뼈마디에 걸린 반지를 보며, 부엌에서 양상추는 적포도주에 절여지고 있었다. 그날 암실에는 무슨 빛이 있어 당신의 뼈와 근육을 발라냈던 것일까? **알 수 없는, 알 수 없는,** 대관절 사는 게 무슨 이따위 X 같은 레시피들이 있단 말인가!

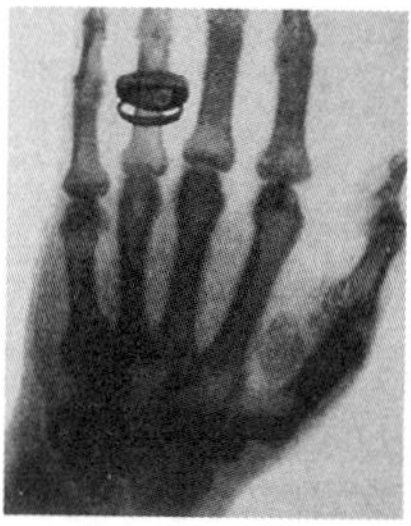

입동 지나고 소설의 아득한 나날, 오늘은 태양광이 황경 230도쯤을 비껴 역광으로 뒤통수를 때린다. 백년을 진공관 속에 헤매다 이곳은 서울, 낮모를 마천루에 올라 빛을 감식한다. 네온, 형광, 전광 당신의 뼈까지 투시할 새로운 빛은 아직 태어나지 않았다. 사방에 빛나는 사금파리들이 있어 돌아보면 **알 수 없는** 얼굴들이다.

저마다 얼굴에 거울을 달고 서로를 반사하기에 바쁜, 아내여 자연광의 시대는 끝났다. 백년 진공을 넘어 당신에게로 가는 내 주머니는 소금과 몰약으로 말라간다. 성

병 검진을 받는 거리의 여인들의 한결같은 사타구니들, 흉곽 사진기에 오르기 전 우유를 들이켜는 아이들의 한결같은 불량스러움. 비행운을 따라 눈을 돌리면 어딘가 장대 위에 올라 해금을 켜는 사슴은 이곳의 천오백 년 음악을 지키는데,

또 한번 백년이 지난 후 당신을 만나거든 어느 손으로든 악수할 수 있도록, 내 왼손 마디에서는 또하나의 엄지가 자라나보다. 아내여, 당신의 반지는 후생에서나 빛을 꿰어 떠는가? 아직 이곳에 그런 빛은 없다.

이 땅의 열락에는 조요한 음악이 전무하다.

우리가 만든 빛의 제국에는 절망이 부족하다.

* 빌헬름 콘라트 뢴트겐(Wilhelm Konrad Röntgen, 1845~1923) : X는 알 수 없다는 뜻이다. 알 수 없는 광선이 크룩스관의 암실을 지나 형광으로 빛나는 것을 발견했다. 그는 아내를 설득해 최초의 X선 사진을 남겼다. 왼손 뼈와 잔근육 위에 얹힌 반지는 그에게 무슨 계시였을까?

스머프 마을

단 한 명의 아버지가 저만치 앞서 갔다
스머페트는 구름을 타고 날아오르는
단 한 명의 여자
언덕엔 무수한 아들들 산딸기
굴곡을 걸어내려오는 희디흰 씨앗

그들은 버섯 집 속에 살아갔다
처마밑으로 발정난 포자 구름이
또, 가고 있었다
스머페트는 귀에 꽃을 꽂고
귀두 포피처럼 웃고 있었다
잎사귀 위로 기어다니는 햇살
누군가 개미 다리를 부러트렸다
단 한 명의 가가멜은
까만 심장을 꺼내 고양이를 만들었다

시베리아 자수정 속에도 따뜻한 석양이 번졌다
언덕 너머 가가멜의 굴뚝에도 황금빛 연기
천천히 피어나는 꽃송이 아래
개미의 부러진 다리는 까만 피를 흘렸다

단 한 명의 아버지는 산딸기 술독에서 울고
밤이면
스머페트는 빈 술병으로 수음을 즐기는

단 한 명의 여자
무수한 아들들이 또,
포자낭을 뛰쳐나와 기어가고

프루던스*가 지배하는 시간의 알레고리

아내에 이어 딸마저 죽자
화가는 물감을 들이켠다. 술잔과
포도주를 그려 단숨에 들이켠다.

구두 한 짝과 마른 붓을 남겨둔 채
화가는 그림 밖으로 걸어나온다

팔레트 위에 뭉개진 시간이 굳어간다.
이젤 바깥엔 굶주린 늑대 한 마리
도제들은 절규하며 사방으로 도망한다.

쇠꼬챙이에 걸린 머리통 셋
머리통을 지키는 늑대 세 마리

백 병의 포도주와 백 개의 술잔을 그리고
화가는 그림 속으로 대가릴 들이민다.
붉은 코를 감싸쥔 밤

하늘이 보낸 뱀이 화가의 성기를 물어뜯는다
거울 속으로 느리게 흘러가는 시간

오늘 털 빠진 붓이 화가의 죽음을 새겨넣는다.
양손에 뱀과 거울을 움켜쥔 채
텅 빈 화폭은 가만 서 있다.

* 티치아노의 그림(1565). 프루던스, 신중함을 상징하는 여신으로 한 손에는 뱀을 다른 한 손에는 거울을 들고 있다. 그림을 본 적 없다.

계산서

피맛골에서 술 마셔요 TV에는 잘린 손가락 술잔에는 태극기 오늘은 광복절 전쟁은 끝났어요 곰팡이들이 거리로 뛰쳐나와요 쥐떼가 하늘로 날아가요 폭정이 끝났다는 거죠 아직도 저는 조그만 일로 쌈박질을 해요 손가락을 잘라요 ***이렇게 글씨체가 바뀌는 동안 절망은 제가 생각한 것과는 다른 방식으로 찾아오죠*** 우울한가요? 고갈비 좀 드세요 빈대떡 신사 양반 미친놈들이나 시를 쓴다지만 시는 사라진 지 오래예요 행복을 믿나요 비눗갑이 된 시를 아나요 비가 그칠 때마다 기온은 5도씩 떨어지고 하늘은 5킬로미터씩 푸르러지고 희망은 광속으로 달아나버려요

면도칼 시로 아침을 시작해봐요 하악골이 가벼워진답니다 술 한 병 더 시켜도 되겠군요 이렇게 시를 쓰는데 술값이 문제인가요 희망에 대해 얘기해달라구요 너무 늦은 거 아녜요 세사르 바예호는 파리에서 굶어죽었어요 제 시도 언젠가는 굶어죽겠죠 하수구를 찾아 흘러가겠죠 당신이 즐겁게 읽어주세요 참 집에 들어갈 때 참외 사 가는 거 잊지 마세요 아이들은 먹여야죠 시 같은 거 시 같은 거 읽지 말고 인터넷 연재만화는 거르지 마세요 계산하려면 아직 3천 원어치는 더 써야 하는데 어제 쓴 시 중에 이건 어때요

술 취한 달

고통의 꽃으로 피어오르고
나 홀로
삶의 까만 술병 주둥이를 향해 자맥질

이 정도면 되겠군요 2만 3천 원 싸죠 다음은 다음은 어딘가요 제가 시를 쏘죠

도무지들

"더이상 친구가 없어" 너는 말한다. 그럼 술잔 건네주던 이는 누구지?

원한다면 "너는 한없이 길게 쓸 수도 있었잖아"

채근하던 친구 앞에서 꽃잎을 세어가듯 안으로 귓바퀴를 착착 감아넣어보지만

처음에는 모든 게 장난이라고 생각했지만

'사랑한다' '아니다' '사랑한다' '아니다'

쓰고 읽는 사이 더이상 떼어낼 이파리도 없어져버렸다.

너는, 목젖을 매만지며 성대 안으로 공기는 지나는지

언제나 더 깊은숨을 들이쉬어서 산소 중독이 되었다. 들숨을 헉헉거리며

방구석에서 늙어버린 손가락을 펼쳐 부끄럽게 하나씩 '친구'를 짝지어본다.

서랍 속에서 오래된 '그 짓' 뭉치를 끄집어내 오래도록 바라보지만

"더이상 친구가 없어"

벽에 손을 짚고 반성 없는 '그 짓'을 기약하지만

언제나 무언가 꽉꽉 차 있어 스미어나와 피고름이 줄줄줄 흘러내리는데

'누가 그걸 떠메어갈까'

십자말풀이식으로
사방에서 너를 훑고 가는 머리말들이 가득한 방안에서
마주잡은 친구의 손길은 차라리 따뜻한 빵이었지만
밤새워 되짚어도 손가락은 열 개 하지만

더이상 친구가 없어
이름 붙일 수 없는 도무지들을 어떻게 받아들여야 하겠니?
'알 수 없는 곳에 가득해지는 도무지들'

눈을 콧잔등에 모으고 사방 연속무늬 벽지를 뚫어져라 쳐다보면
거짓말처럼 까실하게 일어서는 것들
비비고 만지면
대궁만 남은 꽃도 네 눈알에 자리한 가시보다 날카로워

벽에 등을 돌리고 손을 뻗어도
"네게는 네가 제일 멀어"
"이상도 하지"
아무런 징후도 없이 믿을 수 없는 것들에 취해 허우적거리고

늘어진 근육 뭉툭해진 손가락으로 하나둘 다시 하나 하나

조각난 꽃잎마다 '사랑한다' '아니다' 다시 '아니다' '아니다'

더이상 감아넣을 귓바퀴도 찾을 수 없어
'너를 한없이 작아지게 하는 도무지들, 한없이 낯설게 하는 도무지들'

처음에는 모든 게 장난이라고 생각했지만
한없이 길게 쓸 수도 있었지만
손 뭉치만 남은 팔로는 이런 '그 짓' 하지도 않았을 테지만
더이상 친구가 없어

올드 블랙 조

—Bluesy Sound

조, 왜 어린 시절로 돌아가야만 하지?

광대뼈에 상박골에 손아귀에 온통 아비를 닮도록 자라난 땅으로 왜 돌아가야만 하지? 자기장이 뒤바뀐 세상이 오면 뉴올리언스에도 컨트리가 울려퍼질까? 영혼을 팔면 아름다운 영가를 부를 수 있을까? 악마의 꼬리를 양손에 붙이면 육손이의 기타 리프, 희망봉의 블루지한 바람, 턱에 피 묻은 수염을 매단 건기의 바람이 불어올까? 하늘 가득 쏟아지는 하얀 비, 차라리 어미의 젖이 쏟아진다고 말할까? 오늘 저잣거리엔 또 누구의 목이 매달렸나? 들에 놀던 동무의 축 처진 모가지 햇살이 배배 꼬인 머리털 세상에서 가장 하얀 손바닥, 아래 홀로 머리를 숙이고 지나며 까만 지옥을 상상해야만 하나? 이봐

조, 부르는 소리 슬퍼 귀를 틀어막고 있나?

왜 어린 시절로, 칠판 가득 꼬무락거리는 가나다라…… 아자차쯤에 아비의 주검을 구겨넣고 키득거리며 달려가던 블루지한 바람 속으로, 돌아가야만 하지? 아비처럼 턱을 고이고 아비처럼 푸념하며 아비처럼 만취해 쓰러진 저녁, 이곳에도 하얀 고름이 쏟아져. 차라리 근친상간의 비가 퍼붓는다고 말할까? 한낮에도 어둠이 흥성거리는 하늘 사각의 태양을 가로질러, 황사를 몰고 오는 바람 휘몰아치는 자진모리 아리랑 들리니? 지구 반대편

의 알 수 없는 동시 신호 문법, 십자로의 한복판에서 널 향해 굴착을 시작하는 맥박 들리니?

근친상간의 피가 스민 땅 아래 몇 개의 지옥이 숨쉬고 있을까?

이 행성의 중심에서 체인을 돌리는 강한 팔뚝은 누구의 것일까?

이 세상에 낙원은 어디쯤일까? 이 노래의 쉼표는 어디쯤일까?

거울을 열고 들어가듯,

한 마리 새가 당신의 왼쪽 눈으로 들어갈 때,

당신의 가슴에 눈썹이 돋을 때,

까만 젖이 꿀처럼 흐를 때,

눈물로 빚은 칼이 당신의 가슴을 도려낼 때,

쭈글쭈글한 상처가 입을 벌릴 때,

입속에서 커다란 눈깔이 울부짖을 때,

눈깔을 뚫고 한 마리 새가 날아오를 때,

새의 배를 가르고 한 그루 나무가 공중에 뿌리내릴 때,

거울을 열고 들어가듯,

당신의 오른쪽 눈으로 들어간 나는,

피 묻은 날갯죽지를 닦는다,

사순절의 나날

너는 먼지이니 먼지로 돌아가리라 늙은 신부가 종려나무 단을 태우며 저녁 미사를 집전한다. *너는 먼지이니 먼지로 돌아가리라* 늦눈 사이로 구약처럼 떨기나무 재는 신부의 이마에 내려앉는다.

가시덤불과 엉겅퀴의 식탁 너머로 여자의 붉은 눈이 자꾸만 커간다. *엉덩이로 찬장 서랍을 밀어 닫는 버릇은 불운을 가져와요* 얼음으로 틀어막힌 부뚜막 틈새로 푸른 연기가 핀다.

실을 잣던 당신의 손은 천 마리의 벌레가 되어 배추 속을 헤집어놓을 거예요 죽은 새를 든 사냥꾼은 찬 등으로 문을 닫는다. *늦은 밤 칼을 갈던 소리는 커다란 폭풍을 몰아올 거예요*

아이들은 썰매를 버리고 모두가 사육제의 가면을 벗고 팔을 걷고 경전에 손을 얹을 때, 광대는 찬물에 얼굴을 담금질한다. 불가에서 손잡고 춤추던 따뜻한 손은 찬물 속에서 깊은 우울에 잠긴다. 북구의 살얼음에 하얗고 붉게 분칠한 얼굴이 되비친다.

핼리로부터 게걸스러운 태양까지

기원전 223년 브르타뉴에서는 왕이 암살되었다. 하늘에서 못난 상형문자의 깃발처럼 생긴 꼬리가 칼자국을 남기며 새로운 왕을 향해 달려가고 있었다. 그리고 당분간은 또다른 재앙 또다른 구설수의 중세. 1705년 비로소 핼리라는 이름의 별이 태어난다. 핼리가 당도하는 시간은 76년 전후이기도 하고 어제이기도 하다. 1758년 대체로 새벽 크리스마스이브 찬 술을 사러 가는 핼리의 꼬리가 점점 길어져 좁디좁은 골목으로 뻗어갔다. 마치 봉황이나 주작처럼 핼리가 없이는 누구도 태양을 상상할 수 없다.

—핼리 : 핵, 수소 구름, 먼지 꼬리, 얼음 꼬리, 타원궤도.

상강 지나고 입동의 아득한 나날, 핼리는 오늘 얼어붙은 한강변에 앉아 찬 소주를 들이켠다. 편의점이 찍어내는 계절 과일의 한결같은 표정, 찬 공기가 배양하는 유행성 독감의 한결같은 징후들. 그리하여 얼어붙은 한강은 서울이라는 혜성의 꼬리다. 조각난 하늘에 떠오른 게걸스러운 태양을 마주보며 검버섯을 헤아리는 사이 핼리의 꼬리는 점점 길어진다. 눈이 내린다. 내린 눈 위에 내리는 눈은 어쩌자고 자꾸만 쌓여 칼날처럼 상처 깊다. 핼리는 얼어붙은 한강변에 앉아 찬 소주를 들이켜며 생각에 잠기는 거다. 저 얼음은 어떻게 제 마지막 상처를 봉합했을까? 핼리로부터 게걸스러운 태양까지 당분간은 크리스마스이브.

공소년의 무한 질주

나는 끊임없이 뒤통수에만 매달린다.
오늘 바람은 귓가에서 시작된다.
달리는 모든 것에서 너희와 나의 관계를 읽는다.
그걸 무어라 부를 수 있을까?

*

풍랑 속에서 동그랗게 발을 모으고 한곳으로 굴러가는 너희들
그것은 뒤통수의 정치학이라 할 만하다.
속도계의 눈금 속에 백엽상을 띄우고 365일 초시계를 바라보는 일
그런 일에 익숙해졌건만 속기사가 없어 너희는 다만 움직임 속에서의 삶이다.

*

어슷어슷하게 서로가 서로의 궤도 바깥을 불안하게 공전할 때
사과를 정수리 위로 떨어지게 하는 힘
이윽고 시작되는 산화와 부식의 한가운데에서
어릿어릿 유동하는 무수한 대퇴근은 어떤 힘으로 단련되는가?

*

너희들은 아름다웠다. 잔디 위에는 항상 물방울들이 접착제처럼 붙어 있고

수족을 한데 모은 동그란 몸으로 어딘가로 일사불란하게 움직여 가는

나는 꿈속에서나 간신히 너희들의 정면을 마주한다.

그래 온도는 늘 변화무쌍이었고 습기는 제멋대로 포화되었다.

바람은 풍향계가 지시하는 곳 바깥으로 몰려다녔다.

차양 아래는 언제나 그늘, 그늘 가운데서 나는 손짓 발짓으로 너희를 부르지만

*

관람석 바깥엔 긴 휘장이 걸렸고 휘장 틈새에는 언제나 구름이었다.

코칭스태프, 나는 언제나 훌륭한 심리치료사가 되어주려 발버둥을 쳤건만

룰은 언제나 우리 사이를 갈라놓았고 어떤 시스템 속에서 너희는 자유로울까?

고민에 빠지는 잠시 벤치에서 담배를 빼물고 다시 한 번 고개를 주억거린다.

열한 개의 물방울
열한 명의 공소년
마침내 화성으로 명왕성으로 넘어가는 윙백과 그 잔당들.

*

나는 감히 우리라고 말해본다.
별주부전의 토끼처럼 머리와 가슴을 어딘가에 놓아두고 청동 갑주를 걸치고 바다 밑바닥을 걸어 대양을 건너기 전까지는
삽으로 너희의 발길질로 이 땅을 뚫어 반대편으로 걸어나와 이 빌어먹을 자장(磁場)을 바꾸기 전까지는

우리는 클라인의 병 안팎을 돌고 도는 넋 나간 개미에 불과할까?
언제나 입구만 가로놓였고, 그 입구에 뜨거운 물을 부으면, 과연
이 급진하는 뭉게구름을 걷을 수 있을까?
골키퍼야, 오늘은 알코올을 킵하고 불안을 낙타처럼 되새기며 말한다
감히 우리라고.

*

그럼에도 끊임없이 꿈을 복기하는 것은 언제나 나이고
너희는 없는 정면으로 무수한 뒤통수로 끊임없이 군무 속에 시달리는구나.

*

언제나 마지막 전광판
누군가 두 귀를 잡고 쑤욱 들어올리는 것만 같다.
언젠가는 가벼운 마음으로 발걸음으로 발길질로 떠나는 우리만의 여행들.
관절에 앉았다 가는 피로를 솜털처럼 만지다보면
거짓에 익숙한 나의 입으로 살아가는 우리는 구안괘사의 날들.

*

포메이션의 환치, 숫자들로 이루어진 완벽한 조합
4-4-2
4-2-3-1
사타구니를 가린 벽을 돌아나와 해결할 수 없는 것을 해결해내는 은유들
하얀 묵언의 벽 밖, 깃발은 올라가고 초시계는 돈다

이윽고 잉여의 삶이 주어지고

골대 아래 불안은 지속되고, 뒤통수의 표정은 변화무쌍이다.
입사 제의의 시간들 너희는 무언가를 통과해간다. 하얀 선을 넘어 다음
세상으로 세리머니가 지난 자리 잔디는 잠시 흔들리다 제자리로 돌아간다.
물병은 쓰러지고 위태위태 귓불을 스치는 바람의 결 잠시
나는 일어서는 내 갈기를 매만진다.

*

뭐라 부를까?
나는 끊임없이 뒤통수에만 매달린다.
나를 쫓는 비구름 우레 아래 자잘한 반짝임마다에
너희의 또렷한 눈알이 있고 사방에서 나를 보고 웃는 이름들은 바로 우리

—화성으로 명왕성으로 질주하는 마리화나 코칭스태프와 윙백과 그 잔당들.

*

진실을 토로하는 데 지친 입술에서는 모래가 쏟아지고, 가슴에
너희의 가슴에
내 크레디트를 트래디션을 트래저디를 긁어주는 수줍은 눈빛들

비밀하게 뇌까리는
하나
둘
셋
넷
그리고

*

플레이볼.

굴뚝 청소부

아이들이 천문대로 기어든다 나란히
돔 천장을 밝히는 별자리 유성이
긋는다 아이들의 재잘거림 사이
천문학자는 커피잔에 별을 굴린다
스푼 끝에서 빛이 흔들린다 가느다란
어둠 속으로 하얀 오리알이 미끌린다
끄을음 앉은 구름이 갈라터진다 발전소
첨탑 위로 풍선이 솟구친다
배관공이 떨어진다
모터가 멎는다

굴뚝 청소부는 4월의 잔설로 몸을 닦는다

작은 보석 상자 안의 토종어들
—고방(庫房)

그해 겨울 우린 많이 빠졌어 우린 이렇게 말했지
너 또 오리 잡았구나…… 오리를 잡았다는 건 무슨 뜻일까?
그건 마치 살얼음을 지치고 물위를 아주
아주 잠시 동안 달렸다는 말이야 그러고는 곧장 젖었지 푹.

그래, 아주 푹 젖었어 강비탈 장사바위 위에서
우린 정월의 바람을 맞으며 홀랑 벗었지
그 골리앗 얼굴엔 눈 코,
입가엔 벌집— 넌 곧잘 그걸 따냈어
자꾸만 숨가쁜 잔불 틈새로 거뭇거뭇 우린 서로
젖어 굳은 옷가지를 내던지며 깔깔거렸는데

당숙들은 우리 찾아 헤맸겠지. 그해 겨울
유독 콩새가 많았고 갈대는 많이 서걱거렸던 듯해. 하지만 물
물은 금세 얼어버렸어
우린 할말을 잃었지

물이 얼어버리다니
저렇게
물이.

시린 발바닥으로 강을 거슬러오르며 우린 무얼 했을까?
너만 알던 고인돌 무덤 속에 몸을 누이고 잠시 쉬었다
갈잎 부들을 엮어 고추를 가린 채
정월의 어스름 복판에 굳어, 우린 또

서늘한 고방 귀퉁이를 꿈꾸며 서로를 말렸던 거야
간혹
얼음에 발이 붙어 떨어지지 않을 땐 서로의 겨드랑일 움켜올리며.

올드 블랙 조

—Jazzy Sound

조울증의 아지랑이가 피어오른다

팔목엔 담배빵 북두칠성

조, 홀로 머리를 숙이고 별이 진다

등짝의 채찍 자국이 가렵다

옥수수빵을 아구창에 쑤셔박으며

조, 커다란 등짝을 들썩일 때

하느님이 기타를 퉁긴다 쇠스랑 수갑을 차고

목화 껍질을 따스하게 감싸줬을 뿐인데

조, 자신의 환자를 자살시킨 정신분석의

말더듬이 전신기가 경적을 울리며 쫓아온다

멀고먼 앨라배마 고향은 그곳

조, 우린 같은 병을 다르게 앓는 법에 골몰한다

같은 상처의 다른 흉터를 응시한다

멀고먼 앨라배마 고향은 그곳

앵무새는 노래한다

어느 날 내 방 창가로 앵무새가 찾아온다
꿈속에서 그대의 속내를 짚어내는 오후가 저문다
앵무새의 꿈속에서 다시
내 삶이, 내 삶이라 생각했던
그대의 하루가 밝는다
그대는 시를 쓴다 잠들기 전
앵무새는 그대가 쓴 시를 암송한다

어느 날 꿈속에서 그대의 죽음을 읽어내는 밤
내 삶이 내 삶이라 생각했던
그대가 더이상 파닥거리길 멈출 때
내 방 창가로 다시 앵무새가 찾아온다
앵무새는 기억에 가물가물한 시구를 암송한다

빛살로 가득한 앵무새 프리즘 주단을 걷듯
빛살 가득 물든 손가락을 펼쳐
이 시는 그대에게로 날려보내는
내 마지막 앵무새
그대가 그대의 삶이라 생각했던
앵무새가 숨을 헐떡일 때

나는 노래한다

작은 보석 상자 안의 토종어들
—우기(雨期)

그치만 누이 비가 오면 물장구를 칠 수가 없는걸요
방구석에선 막대사탕이 녹아가고 녹아가는 막대사탕에 들러붙은 개미떼
개미떼를 빨아 삼키는 할아비의 쪼그라든 입술처럼 저열하게
장마가 지나는 농사 월력은 온통 붉은 절기로 가득하고 간밤엔 또
누가 어금니를 맞부딪치며 냉기를 심어갔던 것인지 떠걱떠걱
더듬이를 곧추세우고 습기가 많은 구석으로 자꾸만
자꾸만 몰려 앉는 누이를 품어 안아 알몸으로 앉았으면
마치 콩나물시루처럼 뿌리가 엉킨 속내
속내를 들춰내면 어김없이 드리워진 마음의 차양 아래로
묵묵부답 노려보는 묵묵부답 눈앞에서는
모든 게 움직여요 도무지 멈춰 서는 법이 없어요 떠걱떠걱
몰려오고 몰려가는 저처럼 빠르게 옮아가는 지네
노린재 셀 수 없이 많은 발을 들었다 놓았다 몰려오고
몰려가는 어둠 속에 누이 큰 눈을 뻐끔 뜨고 무거운 이불을 뒤집어쓴 채
우린 한없이 꼭 껴안을수록 끝 간 데 없이 멀어지고
닫힌 아가미를 서로 벌려가며 없는 부레를 부풀려보았자
천둥과 우레 속에서 물장구를 칠 수는 없어요

별들의 옷

소년과 고양이는 한사코 담장 위를 걷지.

머리를 가슴팍에 붙이고 웅크리면 세상에서 가장 아름다운 바퀴가 된다는 사실 또한 닮은 점이야.

가슴을 열어젖히거나 꼬리를 곧추세우는 건 날아갈 준비가 됐다는 뜻이야.

이 도시의 밤하늘에 두 개의 별은 고양이가 뜬 두 눈이야. 그런 의미에서

한 시인은 고양이를 별들의 옷이라 했지. 놀라운 통찰이야.

바람이 심하게 불었어. 나는 담장 위를 걸었지.

두 팔을 벌리면 날 듯한 그런 바람 속에 유리가 박힌 담장 위를

걷다가 고양이를 처음 만났어.

소년이 죽으면 소녀나 고양이가 된다는 운명은 고양이의 가르침이야.

그날 이후로 난 고양이로 살고 있어.

고양이가 북쪽으로 머리를 누이거나 북쪽 담장을 걷는다는 건 죽음을 의미해.

나는 고양이야.

내가 죽으면 별들의 옷이 되지.

담장 아래 들려오는 소음들

저 샤먼,

저 악몽,

저 괴기,

저 마녀,

나는 가장 오만한 걸음걸이 그 자체

발톱을 세우고 오늘밤 소녀의 집 담장에서 소녀를 할퀼 거야.

할퀼 줄 안다는 건 사랑할 줄 안다는 것.

오늘밤 나는 담장을 내려왔어. 긴 시간 오랜 여행

이렇게 감나무 아래 누워 수많은 담쟁이 장미 넝쿨을 떠올리지.

온몸의 세포가 바뀌는 소리를 들으며 하늘을 올려다봐.

멀리 고양이 눈 두 개

수많은 별들의 옷

따뜻한 날들

내 머리는 북쪽에

내 가슴은 담장 위에

그래, 나쁘지는 않았어.

누전

무대의 전후좌우 면은 유리벽을 둘러친 물의 장막이다. 무대 뒤쪽 내밀한 중앙에 정면으로 서 있는 A, 형체는 흐릿하다못해 식별이 불가능하다. 서서히 어두워지는 조명, A의 입술을 향하여 좁혀가다가 A의 입술에 집중. G의 음성은 천공에서 울려퍼지는 듯하다.

G : 관원의 입장에서 고지합니다. *(사이)* 소리는 자력과 전류 사이의 신비한 교통입니다. 흘러서 확장되는 것이지요. 당신은, 지금, 어딘가, 끊어진 채, 무지막지한 굉음을 토해내고 있습니다. 당국은 새나가는 자력도 전류도 용납할 수 없습니다. 당신은 3주 후에 고발 조치될 것입니다. 무한정한 세금이 부과될 것이며, 당신은 당국과 소리안전정보원의 실사를 거쳐 암전과 무성(無聲)의 영역으로 추방될 것입니다. 보청기와 침묵의 변경에조차 미세한 전류와 자기장은 흐릅니다. 당신의 4주 후는 신이 강림한다 할지라도 예단하실 수 없을 텝니다. *(붉은 조명이 A의 입술에 성호를 긋는다)* 말하자면……

A : ……
(자막 : *세상 사람들 모두가 목소리를 빼앗겼어.** + 영상)

(긴 사이)

G : 폭격이 시작된 것만 같을 테지요. 이해할 만합니다. *(사이)* 배전반을 보십시다. 두꺼비집, 누전차단기, 분배기. 선은 뻗어나갑니다. 여기에 단자 그리고 두 개의 콘센트와 전등, 저기의 단자 그리고 세 개의 콘센트와 전등…… 에너지는 결코 덧없이 수렴되지 않습니다. 공간은 무한히 넓어질 수 있습니다. 여기서 저기로, 말씀드렸듯, 당국의 메시지는 강렬한, 무의식적인, 부정할 수 없는, 명징한 관계의 사인-코사인 곡선을 투과해 여기의 자기장과 저기의 자기장으로 울려퍼지는 체제입니다. *(붉은 조명이 A의 입술에 성호를 긋는다)* 그 가운데 당신은 존재합니다. 하지만……

A : ……

(화면 : *넌 히로시마에서 아무것도 보지 못했어.*** + 영상)

(긴 사이)

G : 그렇습니다, 흐름, 그것이 중요합니다. 당국은 단 한줄기의 흐름이 탈취되는 것도 허락하지 않습니다. 당신 내부에 누수가 진행됩니다. 당신은 접지가 안 된 채 떠 있군요. 당신이라는 귓바퀴 자체가 거대한 도적 소굴입니다. 경전에 당신은 '진흙으로 빚어져 시간이라는 아버지를 두었다'고 쓰여 있지요. 또 '매 시간은 토우처럼

아름답고, 폭염 한가운데 멈춰 선 자동차의 보닛처럼 찬연한 고요'라고 쓰여 있지요. *(붉은 조명이 A의 입술에 성호를 긋는다)* 당신은 존재합니다, 알 수 없는 곳으로 끊임없이 새어나가면서. 당신은 단 한 번도 스스로를 **소유**하지 못하고 **우선** 있어왔을 뿐입니다. 그러니까……

A : ……

(자막 : 이 아기의 이름을 **마헤르 샬랄 하스 바스**라 하여라. 이 아기가 아빠 엄마라 부를 줄 알기도 전에 사람들이 다마스쿠스의 보화와 사마리아에서 빼앗은 전리품을 아시리아 왕에게 가져다 바치리라.*** + 영상)

(긴 사이)

G : 당신은 당국이 주는 무한한 숭상과 흠모를 **'재빨리 가로채고 노략질'**했지요. 당국은 **'전리품을 주머니에 넣듯'** 당신에게서 당신이라는 흐름을 매듭지을 것입니다. 관원의 입장에서 말씀드립니다. 한번 버려진 자는 결코 살아 돌아오지 않습니다. 남겨진 것들을 거두어들여 소각하는 것만이 당국의 율법입니다. 당국은 당신이 그토록 많은 것을 허비하며 소음의 달팽이관으로 부푸는 것을 두고 볼 수 없습니다. *(붉은 조명이 A의 입술에 성호를 긋는다)* 결국 *(A의 입술이 열린다 벌려진 주둥이, 서서히, 안에서 밖으로 까뒤집힌다)* 당신 목구멍 깊이 전선

과 자석을 밀어넣을 수밖에 없군요.

A : *(붉은 고깃덩이—얼굴 형상이고 입술엔 스피커가 박혔다—가 입술이 있던 무대 뒤쪽 중앙에 자리한다. 마치 서서히 떠오듯)*

(낭송[A의 음성—기계음이다] ;

고압선을 따라 당국의 메시지가 전송되는 아침
소리 분리수거법이 강화되었어요. 오늘 아침
나는 반국가적 복화술 책동을 고지받았어요.

거리마다 낯모를 신음이 벽을 두드려요.
법관들이 수화를 읊조리며 지나가요.
국영방송은 침묵을 구워 퍼뜨리고요.
나는 점점 초음파로 대화하는 데 익숙해져가요.

습한 바람이 부랑자처럼 몰려다니는 거리 너머
성대에서 고막으로 태양의 그림자 검게 일렁이며
황도를 따라 일제히 휩쓸려 추방되어가며
Anarchist 연맹은 복화술로 지령을 전달해오고요.

달팽이관으로 초음파가 지날 때마다 조금씩
*나는 조금씩 죽어가요.*****)

(무대 전면, 유리 장막 안으로 붉은 물의 폭포 쏟아진다. 작렬하는 효과음.)

(서서히, 무대가 밝아오지만, 객석 천장에서 폭포 소리는 더욱 거세어간다.)

막

* 주의할 점

1. 자막 화면과 영상에 되도록 많은 자료를 사용하여 빠른 슬라이드 컷처럼 넘어가도록 영사한다. 무대 구석구석에 몽타주되는 느낌으로.

2. 조명이 천장으로부터 사선으로 A의 뒤쪽 무대 벽을 강하게 때리면 왜곡된 화면에 *인용된 문구*가 자막 처리된다(5초). 곧장 영상이 빠르게 돌아간다. 음향은 영상이 끝나도록 객석 뒤편에서부터 자글거린다.

3. 극 터치의 오해를 더하는 정적 속에, G도 A도 증발한 백지상태가 계속되는 듯, 마치 오르골 인형의 움직임과 음악의 부조화처럼, 마치 클라인의 병 안팎을 돌고 도는 개미와 같은 느낌으로.

* 아티크 라히미, 『흙과 재』.
** 알랭 레네, 〈히로시마 내 사랑〉 가운데.
*** 『구약성경』, 「이사야서」 8:3~4.
**** 2부, 「악공, Anarchist Guitar」 변주.

2부 그가 죽자 서서히 생명선이 지워졌다

심금(心琴)

꽃을 보고, 저만치 혼자라고 적은 사람
아무래도 나는 조금 비껴서 있다고 적은 사람이 있지만
내 꽃잎에는 사자 한 마리가 먼저 가 앉는다 피를 흘린다.
꽃그늘 멍석에 앉아 술잔 띄울 만한 계곡을 베고 눕는 계절이면
가슴에 손을 얹는다. 국기에 대고도 맹세할 바 없는 나는
무제한으로 채워지는 꽃잎 사자 우리를 또 비워내는 거다.

내 꽃나무 아래는 언제나 불타는 겨자 소스 접시가 놓인다.
글 한 줄에 페이소스 한 접시 그게 삶이라고 말할 때
나를 읽고 가는 친구, 자네는 또 여리다고 타박을 하지만
자정의 팬옵티콘 창살에 머리를 박고 엉덩이를 까뒤집던 베를렌은 무슨 생각을 했을까?
왜 하필 내가 여자였지, 아니었을까?
어제의 꽃 속에서도 총소리가 들렸다고 쓰면서 나 역시 아랫도리를 움켜쥐고 고개를 주억거리는 거다.
왜 하필 내가 남자였지!

입춘 지나고 대길 지나고 건양다경 지나 앉아보는 뾰족한 마음의 자리 건너
옮아가는 꽃잎에 실어보낸다 그것은 내가 자네에게 보내는 새떼.

이만치 혼자 있는 내게 친구, 술잔 들이미는 자네의 손뭉치는 차라리 따뜻한 빵이었다.
악수를 청하던 손은 금세 주먹으로 변하고 1월에서 4월로
움켜쥔 주먹 언덕을 오를 때면, 검지와 중지 사이는 언제나 허방이었다.
눈 비비고 보면 열심으로 제가 생각하는 꽃나무를 틔워내는 꽃은 오간 데 없고
없는 묘혈에서 내가 마주하는 것은 바로 자네,
자네는 시퍼런 레몬처럼 씁쓸하게 웃는다.

꽃 진 자리마다 무성한 혓바닥
그 벼린 창칼 아래 마주하는 것은 어제하고도 어제의 꽃그늘
술잔 비울 때마다 다른 격문 다른 사발통문.
내 사자는 벌써 건너 건너의 꽃나무로 뛰쳐나간다.
한없이 가벼워져 두 팔 벌리면 날 듯한데, 친구
자네의 눈빛은 내 등배를 훑고 내 두 다리는 지상에 비끄러매다오.

까칠한 멍석에 돌 틈 바위틈에 그늘 습지에 그 불립문자 위에
저만치 혼자 있는 거 이만치 저 혼자 갈앉는 거
술잔 띄울 때마다 듣는 꽃사태-파문은 총소리 아닌가? 어제의 꽃잎 속에서도

꽃잎 하나에 불타는 사자 우리
친구, 나는 그것을 겨눈다.

악공, 환음기(幻音記)—발(跋)

이 책은 맞춤한 일현금을 얻고자 하는 금객(琴客)이 노새를 얻어 칼을 베고 눕는 이야기다.

마경(馬經)에 이르기를,

노새의 입술은 둘에서 천에 달한다.

노새가 가장 평온한 표정으로 길을 재촉하는 것은 바람과 햇살의 갈피를 읽음을 뜻함이요,

노새가 겉입술을 게을리 움직여 주인의 떨림과 불안을 되새겨 삼키는 것은

언제나 다른 노래를 품는 속입술이 있어 주인의 두 귀를 쓰다듬어줌을 말함이요,

노새의 속의 속입술은 끝끝내 앙다물고 있는데 이는 주인의 마지막 상처를 봉합하는 돌과 같다.

목경(木經)에 이르기를,

번개와 천둥으로 벼린 칼을 휘둘러도 나무의 가슴을 거둘 도리는 없다.

다만 한번 해가 뜨고 다시 한번 해가 기울기를 기다려 칼을 거꾸로 세워두어야 한다.

큰 나무는 큰 뿌리를 뻗어 땅을 움켜쥐고 있는데 기실 나무의 위쪽은 땅 아래쪽이 맞는 것,

인간의 여린 귀와 눈으로는 나무의 몸통이 뻗어나간 지세와 율동을 읽을 수 없는 까닭이다.

예로부터 나무의 가슴은 여인의 모습으로 현현하는데

맞춤한 노새의 두 귀와 주인의 눈동자와 칼의 부림이 한결같은 울음이어야 얻을 수 있다.

경(經)을 따르는 전거를 비껴 살피자면,

일영검(日影劍)이란 금환일식에 번개를 만나 어둠을 가르고 얻은 칼이다. 해그림자라는 뜻으로 보아 세상의 큰 빛이 하늘의 반지에 온통 스며들었음을 추측할 수 있다. 이때에 칼은 반지를 꿰어 떠는데 그 소리는 천고의 귀를 가진 노새라야 들을 수 있다.

초미금(焦尾琴)이란 그대로 끝이 그을린 현악기를 이른다. 고사에는 금(琴)의 짝으로 새로는 학이요 나무로는 오동을 들지만, 이때의 초미금은 번개와 짝을 이룬다. 고래의 악공은 그 소리를 형용하지 못하였지만, 이 책에서의 금객은 그 소리로 역린을 어루만졌다고 전하니 알 만하다.

기정(旗亭)은 깃발을 세워 표한 곳으로 한데의 여관-요릿집을 이른다. 붉은 깃발은 여체의 은밀한 부분을 일컫는 수사로 이 책에서는 여인의 출현에 맞아떨어지는 사족으로 읽힌다.

이 책을 읽고자 하는 이는 눈으로는 먼지의 독을 삼키고 손가락으로는 행간의 질곡을 베고 누우며 귀로는 소리의 막을 걷어내는 위험을 감수해야 할 것이다. 전하는 글이 있어 살피면 아래와 같다.

*꿈속에서 꿈을 품고 꿈속의 사람이 또 남에게 꿈꾼 바를 풀이하니, 거듭거듭 꿈을 말하면서도 그것이 환(幻)인 줄 모르거니 이것을 일러 천하의 사람들이 모두 꿈속에 들어갔다 함이다. 마음이 없어도 꿈이 될 수 있음을 알 수 있는 자가 있다면 더불어 논할 수 있을 것이다.**

이로써 작자의 행로를 미루어 짐작할 따름 남은 몫은 그대들의 꿈 안팎에 맡기노라.

* 김소행, 『삼한습유』, 서신혜·이승수 옮김, 박이정, 2003.

악공, 일현금

Holy Fisherman

몸통 밖에 어디 다리가 없어
긴 목에 머리를 얹고 붙박여 있소.

자네야 석 자 여섯 치 나무짝에 현은 여섯에 열둘이고
손바닥만한 구멍으로 공명은 천 갈래 만 갈래라지만
나는 태공도 아니고 어옹도 아니라서 아무것도 낚지를
않네.

다만 흐르는 저 물이 내 울림통이라
공명은 자꾸 바닥에 갈앉아 바윗돌 수초에나 가닿고
저 혼자 흔들리는 것은 갈잎 부들만이 아니라서
이 순간 내 영혼은 서걱거리네
고비사막에서 쓰시마해협까지.

일현금

당신을 처음 만난 수원지였어. 물은 팔당,
팔당 고동치고 당신은 흔들리고 있었지.
먼 곳에 낚싯대를 드리우고 있었지만 내 눈에
당신은 일현금을 타는 먼 나라의 악공이었어.
그래 낚싯대를 잡은 당신의 팔이 현이라면
그 소리 내 목에 스며 피가 될 테지.

서걱거렸어. 온몸이 질(膣)인 바람이 불어 어디

울리는 방울 소리 바람의 사타구니가 당신의 어깨를 뭉텅
뭉텅 베어 물었고, 공명은 물속에나 가득한 것.
당신이나 나나 팔당, 팔당 한사코 뛰는 가슴께 부여안고
멀리 파문, 파문 나앉아 있었지. 행여 무료함에
손깍지 끼고 들여다보면 손바닥 가득 아가리를 벌린 톱니바퀴들.

팔당팔당
눈, 눈물 네 몸에서 가장 큰 땀구멍
모든 바람은 이곳을 통과해간다.
눈, 눈물 이 한-강 수계에 나앉아
당신은-나는 어디로 가는가? 이곳에서
눈물의 부피는 삶의 질량과 맞바뀐다.

악공, 기린

나팔고개에서 울었다, 그 짐승 백일을 울고 기린이 되어 화부의 오두막 연기를 베고 누웠다. 떠나가지 않았다. 칠석도 아니고 백중도 아닌데

울음소리 무지개의 양끝에서 공명하던 날, 화부는 손바닥 가득 여섯 물줄기를 말아 쥐고 오두막에 들어섰다. 홀연 기린은 날아가고 온몸 성긴 핏줄 훤히 드러낸 여인이 가만 앉았었다.

몇 달이고 내린천 물줄기 위로 달이 지났다. Electric Lady의 배는 불러오고 화부의 도끼질은 그치지 않았다. 소릿고개에 이르러 한 스님이 죽장을 꽂고 떠났다. 죽장에 쓰여 있기를,
"죽음을 잉태한 집이로다"

죽장은 자라 까만 대숲을 이루었다. Electric Lady 무료함을 견디다못해 그중 굵은 뿌리를 잘라 통소를 만들고, 화부는 도끼날로 아쟁을 켜 화답했다. 여섯 겹 안개의 벽이 가시지 않는 몇 달의 끝, 정사년 모월 모일 전갈좌의 빛을 받아 어미의 몸통을 찢고 태어났으니

Electric Lady는 뱃속을 비우고 목을 늘인 채 노래를 잃었고, 화부는 봉두난발 안개의 벽 속에 몸을 숨겼다. 악공을 키운 것은 8할이 술독(毒)이었다. 소릿고개 대숲의

곡소리는 그즈음부터 시작이었다는 풍문이다. 한 스님이 있어 그를 받아 적으니,

"도끼로 가른 듯 집의 동과 서가 뚫렸고 그 가운데로 아궁이가 놓였으니 불을 품은 두꺼비의 형상이요, 그 너머로 새까만 장독이 놓였으나 실은 술독인지라 역시 두꺼비의 독이요, 장독대 좌우로 심은 것은 은행과 포도인지라 1년 열두 달 시취(尸臭)가 가시지 않을 기운이요, 집 앞뜰에 고인 그림자의 깊이 가늠키 어려우니 태생에 시취를 품어 안았도다."

"죽음을 잉태한 집이로다"

오래전의 이야기다.

악공, 기린 골짜기에서

당신은 기린을 떠나고 있나요? 눈 비비고 보면
술독 위에 춤추는 내 발바닥이 있고,
내 가슴을 맴도는 황금 나비떼가 있고,
나비떼를 조율하는 당신의 손목이 있고,
도나 레쯤에서 끊긴 비애를 틀어올린
내 머리칼이 있고, 당신의 동공처럼 굳어버린
기린의 강물은 여전한데,

이 골짜기엔 내 울분만 남아 발성 연습중이에요.
등 두드려줄 당신은 잠들고, 술독은 깨졌어요.
다만,
이마엔 빨간 도장 하나,
눈두덩이엔 파란 문신 하나,
코 아래 비껴 뚫린 피어싱 하나,
눈동자 가득 파란 얼음 구덩이 천만 개,
가슴 가득 빨간 불구덩이 천만 개,

빨간 불구덩이 억만 개짜리
다짐도 있어요.
회한도 있어요.
당신도 있어요.

당신은 어느 이상한 나라를 꿈꾸었기에
지구는 자장(磁場)을 바꾸기 시작했어요.

기린의 안개를 송두리째 들이마신 태양
어깨를 결지른 채 굳어버린 새떼
송곳 같은 추위로 솟아오른 봉우리
눈먼 채 서로를 더듬는 인간의 무리.

내 가슴을 찢고 속을 들여다봐요.
모든 게 불타오르는 걸 보게 될 거예요*
나는 태양의 내음을 맡았어요.
당신은 기린을 떠나고 있나요?

* 빅토르 최, 〈엄마, 우린 모두 중환자예요〉에서. *(나는 태양의 내음을 맡았어요. 듣고 있나요? 당신은 잠들고, 술독은 깨졌고, 우린 모두 중환자예요.)*

악공, 당신국(國) 탕진도(島)의 동백전도(全圖)

당신이라는 나라에 있는 탕진이라는 섬을 찾습니다. 경도와 위도의 행간에 성스러운 개미들을 풀어놓습니다. 새벽, 마른 대기 가운데 그저 소리로만 퍼붓는 우레 속에 온몸으로 서 있습니다. 번갯불 비추는 사이 내 몸은 두 쪽으로 깨져 어디론가 달아나는 것만 같습니다. 달아남 속에서 깨닫습니다, 그런 섬은 없다는 것을, 그런 이름은 영원 속에서나 찾을 수 있는 명명(命名)이라는 것을.

*

이 지도는 당신이 태어난 곳에서의 사업 목록입니다. 운명선을 주먹에 말아넣습니다. 당신의 손금이 내 미간에 파입니다. 사방 거울 속 세상에서 벽에 손을 짚고 이마를 보며 기약합니다. 어딘가로 틈입하는 바람 위에 운명을 복기합니다. 그것은 쌍으로 이어진 사업입니다. 지도가 가리키는 세상을 찾아 걷는 것은 당신이 내게로 오는 방법을 헤아리는 일입니다. 바람의 부비트랩을 넘어 초칠한 알무릎으로 기어오는—더디게 손바닥에서 바다 쪽으로 뻗어가는 무정형의 실핏줄 거미줄 속에 빛나는—주문.

*

반도의 끝자락에 자리한 반도입니다. 여자만과 해창만

의 경계를 서성입니다. 아슬아슬한 외떡-쌍떡잎식물의 개화를 지켜봅니다. 녹색 돌을 주워 뿌려 알 수 없는 형상을 얻은 것은 육진법의 시간 속에서의 일입니다. 백만 년이 지났습니다. 당신의 얼굴이 됩니다. 백만 년이 지났습니다. 지금은 그 형상이 은하수 너머로 떠오르고 있습니다. 동백(冬柏)이란 꽃—겨울을 나는 측백이라고 새깁니다—겨울잠에서 깨어난 잣나무라고도 새깁니다. 지도 속에서 그 이름은 아름답고 투명하게 빛나는 옥돌의 문양이기도 하고, 하얗게 빛나는 동쪽 섬의 이름이기도 합니다.

*

키를 잃은 선박의 영혼들이 팔뚝에 촘촘한 실핏줄 그물을 엮고 바다를 내리칩니다. 불빛이 떨어지는 곳으로 각다귀가 생선 비늘처럼 퍼붓습니다. 지금은 귓가에 수평선을 끌고 뭍에 갓 당도한 귀신고래의 울음이 힘겹습니다. 주위라고는 온통 흑빛으로 누운 전사들입니다. 가장 아름다운 아이스크림에 이빨을 박아넣으며 어둠 속에서 있습니다. 나침반의 야광 액정이 지시하는 곳은 외나로도-내나로도를 지나는 몽돌해안 어딘가—반도의 끝자락에 자리한 반도입니다.

*

당신과 나는 두 개의 점 사이를 쉴 새 없이 오갑니다. 평행 우주를 가로지릅니다. 초침이 움직입니다. 또다른 백만 년 속에 두 쌍의 점이 돋아납니다. : ……당신은 무한 도돌이표 속에 갇힌—무한 루프 속에 감금된—나는 관자놀이를 범람하는—서로의 피를 이교도의 혈흔을—잠재우며……… :

*

서로를 부르는 주문을 복기합니다. 이를테면 다윗의 별, 육각뿔로 이어 짠 수사슴 퀼트, 두 쌍의 삼상(三相) 구름. 당신에게로 가는 나의 시간의 세 꼭짓점이 밖에서 안으로 겹칩니다. 그것은 당신과 나 사이의 거리를 헤아리는 방식입니다. 육진법의 초침이 움직입니다. 지금은 55555……초입니다. 지금은 내 발치에 육진법 10000……년의 그림자가 드리웁니다. 여섯 자루의 펜을 움켜쥐고 나는 간신히 당신을 기억해내고 있습니다. 당신국 탕진도에 올해도 어김없이 동백이 졌다고 놀라며 소식 전합니다. 이 지도는 내가 돌아선 자리의 사업 목록입니다.

악공, Anarchist Guitar

당신의 기차는 내 창가에 묶여 있어요
창을 열면 낯선 구두가 이마를 꾹꾹 눌러요
하늘엔 새들이 오래도록 멈춰 서 있고요
여섯 가닥의 먹구름이 흘러가요 그 위로
한줄기 번개가 소리 없이 디스토션을 걸어요
고압선을 따라 당국의 메시지가 전송되는 아침
소리 분리수거법이 강화됐다는 전갈이에요
주부들이 소음을 가득 채운 쓰레기봉투를 던져요
기타줄은 소각됐고 당신의 기타는
기다란 손톱을 사랑하는 소리의 방주예요
레일을 잃은 기차예요

당신의 기타는 너무 오래 묶여 있어요
창을 닫으면 낯모를 신음이 벽을 두드려요
소녀들이 수화를 재잘거리며 지나가요
음반 가게에선 침묵을 구워 팔아요
아나키스트들은 복화술로 지령을 전달하고
사람들은 초음파로 대화하는 데 익숙해져가요
그 많던 기타줄은 다 어디로 갔을까요?
역사가는 백가쟁명의 선사라 우기고
정치가는 반국가적 복화술 책동이라 우겨요
사람들은 몰라요
기타는 달리고 기차는 울고
소리 없이 뛰는 건 당신의 심장이에요

자궁 위로 초음파가 지나듯 해가 저물어요
빈 술독 틈에서 소리 없는 나날이 저물어요

악공, 사량(思量)

아침엔 클리토리스화(花)에 물을 듬뿍 주고 카타르시스주(酒)를 마셨다.

〈카타르시스주〉

중국산 녹차 고형분 10%
이스라엘산 레몬 과즙 10%
클리토리스화 분말 10%
성스러운 숲의 바람 10%
눈물, 정액, 혈흔 복합 요소 10%
꽃피는 돌가루 착색 요소 10%
미망의 적소산(産) 주정 40%

노오란 카타르시스주 우리는 아침에도 마시고 저녁에도 마신다.
우리는 아침에도 마시고 저녁에도 마셔, 대취했다

만취했다. 어떤 들끓음이 있어 창밖으론 이른 계절이 기웃대고
더이상 할말 없다는 듯 더이상 할말 없다는 듯
멈춘 펜 끝에서 번지는 잉크처럼 소용을 다한 팔을 휘저으면
나풀거리는 옷소매에서 쏟아져내리는 젖은

그대,
내가 그대라는 수풀에 들어 그대라는 물살을 열어젖히고 섰을 때
그대는 꽃피는 돌과 뿔 솟은 샘 가운데 자애로웠다.
그대라는
꽃의 생식기.

나 홀로, 긴긴 기갈 속에 내던져질 태세로
나 홀로, 1초의 슬픔과 백년이라는 반성의 시간을 오갈 태세로
나 홀로, 천년을 거슬러 어딘가 침묵의 각질 속에 위리안치할 태세로
귀를 곧추세우고 어둠의 패각이 닳아가는 소리와 맞서는 아침
내 울분이 찾아가는 미망의 적소에도 그대는 울울창창하다.

우기가 시작되기 전
집을 찾아 분주해지는 미물들에게도 미망의 적소는 있듯
한없이 자애로운 그대가 있어 내 영혼에도 소화기관을 점지해주었다면
이따위, 이따위, 이따위 고뇌와 모략과 절망은
천국 지나, 연옥 지나, 지옥의 막창 속으로 거꾸러졌을 테지만

기어코, 연기처럼 흩어지는 그대라는
꽃의 식생.

아침엔 클리토리스화에 물을 듬뿍 주고 카타르시스주를 마셨다.
두려움으로
두려움으로, 그대에게 전생이 없으므로 내게 후생은 없다.
다만 이번 생이 처음이자 마지막이니 열심히 견디는 수밖에.
그대라는 습기에 젖어 몸 바꾸는 꽃이여
그것만이 나의 카르마
이번 생을 모두 걸고 사랑합니다.

악공, 숲 안팎의 계절

무현금(無絃琴)

참괴하다고 썼나? 그대가 보낸 새떼는
눈발을 뚫고 질척질척 날아와 마치 번개처럼 내 발치에 떨어져 쌓였다.
그대는 간극이라 말했지만 숲 이쪽은 어느새 철 지난 그대의 그림이 어룽져
봄이다. 덩달아 숲 저편 그대의 하늘도 천연의 빛으로 물들어 빛난다.
이것이 그대의 색상환이라면 나는 음(音)으로 마저 새겨야지.

나무가 쇳소리를 품으면 줄이 없어도 그저 마음속에 소리 고이는 것.
한 시절 소리를 불러모으는 것은 지난 삶을 되새김하는 것에 지나지 않는다.
그대의 녹색이 내게는 없는 악기 줄에 다름 아니라서
우리의 뿌리가 얽히고설키는 나무 가운데 무얼 채울까 생각해본다.

밤이 깊고 계절이 깊을수록 무현금은 짙푸른 쇳소리를 집어삼킨다.
자식의 죽음은 지나간 부모의 생을 완성한다는 말을 아는지?
그대의 죽은 새는 저 숲 가지마다 보이지 않는 인연의

끈을 엮으며 오갔다.

새는 마치 바람처럼 아득하게 우리의 남은 생을 뒤쫓아 무리 짓는다.

새의 부리마다 노래를 실어보내면 그대 쪽에도 잎 돋겠지.

그러지 않고서야 어떻게 줄 없는 악기가 숲 안팎의 침묵을 깨워 꽃피울 수 있을까?

어떻게 하늘 가운데서 별의 알을 부화해 수많은 새떼를 모으고, 다른 계절을 불러올 수 있었을까?

뿌리로 돌을 품은 나무가 있다.

돌은 녹색을 품고 나무는 소리를 품었다.

그대의 심금에 온갖 소리와 빛깔이 골고루 뛰어노는지?

녹음(綠陰)

줄 없는 나무토막을 들어 지난 생을 불러모은다고 했나?

나무는 내게 지상의 모든 색을 주었다.

색을 얻어 그림 그리는 것이 내게는 다음 계절을 앞서 사는 것과 다르지 않아서

새는 내가 그대 편으로 보내는 그림을 입에 물고 다음 계절을 향해 날아가겠지.

그 거리만큼 새는 울거나 놓여나겠지.

그걸 아는지? 풀 나무를 짓찧어봐야 검은색밖에 얻을 수가 없다는 것.

내가 그린 풀 나무 벌레는 검은빛으로 꿈틀거린다.

가을봄여름겨울 초록빛을 얻기 위해 나무는 뿌리를 뻗어 돌덩이를 움켜쥔다.

언 땅을 헤치고 나무에서 갓 떼어낸 돌덩이를 쪼개야만 녹색을 얻을 수 있다.

햇살이 없는 땅에서도 내가 녹색을 칠할 수 있다는 것
줄이 없어도 그대의 악기가 심금을 울릴 수 있다는 것
무엇이 다를까? 며칠 숲은 고요하고
그대의 노래는 숲 이쪽으로 번져오지 않는다.

구름이 감아도는 숲 너머 요원한 그대 편으로
땅거죽에서 걷어올린 내 색상환을 쏘아 보낸다.

색상환을 물고 나는 새의 주검만큼의 시간이 그대와 나 사이를 가로막은 숲의 간극일 테지만.

붓을 들면 붓에 스며 뚝뚝 떨어지고
붓을 놓으면 그림 속에 굳어 펼쳐지는
영혼의 색상환에 골몰해본다.

악공, Electric Lady Land

지미는 죽어 Electric Lady Land로 갔다.

Morrison Hotel에 묵고 있다는 소식이다.

프런트엔 직통으로 하늘까지 연결된 수화기가 놓여 있고 전원 코드는 빠져 있다. 오래전부터 앤디는 수화기를 붙들고 천국의 언어를 지껄이고 있다. 이곳에서 앤디는 수프 깡통 디자인 장관, 수프 깡통만 쳐다봐도 모두가 그분의 얼굴을 알아볼 수 있다. 밤이면 악공을 위한 추모 연주회가 시작되고, 지미는 아직 드럼 주자를 구하지 못했다.

앤디는 뱃속에서 심벌즈가 울고 있다고 떠들어댔다. 밤마다 거행되는 기타의 다비식, 울음의 뼈란 말이 있다. 기타는 푸른 인광을 뿜어내는 수정을 내뱉었다. 천장을 장식하는 푸른빛이 이마 위에서 식지 않았다. 앤디는 그것을 또 영원으로 통하는 운지법과 그 지도라 이름 붙였다. Rock공(工), 악공(樂工), 악공(惡公)…… 짐은 낱말 맞추기에 열중해 있고, 그에게 말을 붙이기는 인디언과 페르 라셰즈의 간극을 짐작하기보다 어려웠다.

지미는 아직 드럼 주자를 구하지 못했다. 닐 퍼트나 존 보넘을 생각해본 적도 있지만, 이곳엔 시인이 너무 많다. 그들의 저주는 새까맣게 썩은 이빨로 다시 태어났다. 앤디는 썩은 이빨이 아니라 흑요석이라 우겨댔다. 아무렴 어떠랴. 드럼 주자가 없어도 우리의 술 취한 배는 수시로

울어댔다. 그것을 공명이라 말하는 이도 있지만 하늘에 계신 Electric Lady만이 아는 운명, 이라고 나는 기록한다. 이곳에서 내 흑요석 이빨은 입술 속에 꼭꼭 숨어 있다. 아무렴 어떠랴, 비밀은 하늘에 계신 Electric Lady께만 시인했다.

우리는 이곳 Electric Lady Land에 산다.

밤이면 수화기 끝에 계신 Electric Lady께서 자장가를 불러주는 아늑한 공명통 같은 나라. 천지 사방에서 흑요석과 자수정이 빛나는 나라, 내 사랑 Electric Lady와 무지개 줄넘기하는 아침. 뱃속에서 열두 개의 현이 운다, 앤디는 끝까지 심벌즈라고 우겨댈 테지만.

악공, 이어도—백일몽국(國)

천리 밖에서 한 조각 구름 사이로 밝은 달과 마음으로 친하고 있네*.

마른 흙 위에 발끝으로 휘갈긴 한 줄 시가 기화하는 걸 보네, 그대 쪽으로.

거기 그대가 발원한 강이 가로놓이고

거기 그대가 단 한 번 보았다는 바위는 파도 아래 스무 척쯤에 도사리고

나, 홀로 흐르는 눈물로 지은 외투를 입고 걷네

말라붙은 눈물을 따라 난 미세한 먼지의 결을 따라.

비가 내렸네. 비가 내려 아주 먼 나라로 지나가네

언제인가 그대가 일현금을 들어 눈에 비친 구름을 낚아 보낸 그 나라로

파랑 파랑 지나가네. 그래 어디

파랑도 거기 그대 있는지.

10월의 장미 넝쿨 아래서 그대를 그리는 내 가슴은 영영 막장이네.

오르며 나리며 헤뜨며 바자니는** 밤, 어디

파랑 파랑 이어질 듯도 한데 꿈에 그대는 거미소년으로 출몰하네.

내 가슴 막장을 열어젖히고 나온 그대 입술

닿는 순간 나는 가루가 되어 흩어지네. 이어 이어

그걸 사랑이라 부를 수 있다면 당신과 나

탕진과 타(他).

오늘 듣는 노래도 파랑 파랑 음으로 가득차 있는지

그날 본 구름과 달이 과연 이제도 거기 있는지

* 봉래 양사언.

** 송강 정철.

악공, 현리(絃里)에서

해가 지고 반짝이는 건 손톱이에요.
집으로 돌아가는 길은 없어요.
달은 조각난 기타의 울림구멍
배경으로 쑥 빠져 밤이슬을 게워내고 있어요.
어깨를 겯지르고 산기슭을 오르는 어둠만 있어요.
어느 초가집 아래건
안개는 여섯 현을 뻗어 지음을 불러요.
안개의 심장을 쪼개는 도끼 소리 공명하고
화부의 뒤꼭지는 보이지 않고 반짝이는 건
도끼날이거나 내린천 물빛이에요.
달빛 가사(袈裟)를 뒤집어쓴 물고기가 튀어올라요.
도처에 흩날리는 건 무지갯빛 비늘이에요.
당신은 가장 싱싱한 비늘을 딛고 서 있어요.
안개 사이로 난 물길을 걷고 있어요.
당신의 현과 내 심장의 간극을 손톱으로 재고 있어요.

악공, 환음기(幻音記)

어떤 날에는 꿈 밖으로 노새 한 마리 걸어나온다. 꿈속에서는 내 걸음을 흉내냈고 꿈 밖에서는 내 두 눈의 움직임을 좇아 바라보는 노새의 눈은 크고도 진실했다. 그는 가슴을 함께 살아낸 형제였고 마구간에 누워 춤추는 구름의 표정을 읽던 아내였다. 성문 밖으로 짐수레와 지게의 행렬이 나아갔다. 지게 위엔 돌들이 가득했고 노새가 나를 업고 내가 노새를 업듯, 때로 도처에 돋아나는 풀들이 있어 코를 들이켜면 아득한 떨림이었고 소리였다.

금환일식의 날이 이어졌다. 어둠 속에 맑은 한 가닥 고리가 노새를 이끌어 찾아가는 자리, 공기 중에 미세한 떨림 가득했다. 뱀이 사과를 삼키듯 우리의 길은 차츰 내 심장을 먹어치웠다. 어둑신한 안팎으로 번개가 때로 빛 조각이 칼날이 되어 바위산으로 떨어졌다. 양날의 칼이란 한쪽은 어둠으로 한쪽은 빛으로 만 번 담금질을 해 얻은 것. 해그림자 지는 곳에 칼은 일식의 반지를 끼고 하늘 가운데 박혔다. 내 눈동자가 길을 이끌고 노새의 귀가 나를 이끌었다. 마침내 우리에게 맞춤한 칼을 얻어, 한 번 씻고 한 번 들어 하늘을 가리켰다.

천지가 열리고 달팽이관 같은 길이 이어졌다. 하늘 끝에 울림이 있어 눈 돌리면 모루뼈와 망치뼈가 서로를 번갈아 채근하며 고막 저편을 울리는 귓속이었다. 단말마의 풍경이 이어졌다. 하룻밤 유희가 질펀한 풍차간의 밤을 보냈다. 등자도 안장도 없이 노새의 등에 누워 모지라진 갈기에 얼굴을 묻고 목덜미에 입술을 맞대고 밤을 지새웠다. 소금 호수를 건너왔다. 비좁은 바위 계곡을 지나왔다. 느릿한 망치질의 박동에 맞추어 발굽 소리 그치지 않았다. 소리굽쇠의 길을 돌아갈 때는 바람의 활이 낮모를 무명실을 끊을 듯

구름을 몰아왔다. 붉은 깃발을 세워 표한 집에 노새의 두 귀를 묶고 내 피곤한 눈동자를 쉬게 했다. 달빛 비치는 들창에 고개를 괴고 누우면 천구(天球)를 말달리는 이는 구름이었다. 잠 속에서 장구의 양끝을 오가는 채처럼 쉬지 않는 메아리가 있어 고개 돌리면, 들창 밖으로 아득하게 솟은 나무 한 그루 그 끝에는 천둥의 고요가 검게 똬리 틀었고, 오갈 데 없는 나무의 가슴이 땅으로 몸을 욱여넣어 구들을 들썩였다. 아름다운 나무 앞에서 나무꾼은 도끼를 거꾸로 세워 나무의 가슴이 빠져나가길 기다리듯, 나무 가에 칼을 거꾸로 누이고

칼의 양날이 아침과 저녁을 빨아들여 하늘과 땅이 가뭇없는 시각이 되었다. 노새는 두 눈을 들어 들창 안쪽으로 빛을 던져 넣었다. 달그림자 해그림자 가운데, 흔들리는 나무의 몸통 가운데, 발을 뽑은 나무의 가슴은 세상에 갓 나온 여인이었다. 들창에 스며오는 형체를 따라 붓을 들어 그렸다. 피를 찍어 얻은 화폭 밖으로 여인은 세상

이쪽으로 번졌다. 붉은 깃발 아래 새벽을 맞으며 한 번 칼질로 나무를 베어내고 석 자 여섯 치 현악기를 만들어 냈다. 가운데 한 가닥 줄을 매어 튕겨보니

굵은 소리와 낮은 소리가 동시에 입술을 맞대듯, 그 소리는 심장을 다시 토해 움켜쥔 채 여인도 악기도 노새도 나도 묶어 가둔 그물 밖으로 마지막 통로를 찾아 울려퍼졌다.

악공, 초승달칼

당신은 너무 많은 죄를 지었다
당신에게도 전생이 있다면
마지노선은 어디에나 존재한다 모래바람 속에도
소금 바다를 날아 당신은 몇 세기를 건너왔는가.

문고리에도 선반에도 작은 등을 밝힌 모스크 지붕
정수리를 짓누르는 빛의 열, 종일
흙모래 발자국을 따라 오래 걷다보면 저탄 더미가 쌓인 좁은 골목이 펼치고
낙타의 혹이나 조슈아 선인장을 가르면 물이 솟을 듯
흙벽에 남긴 초승달칼 자국처럼 사라지는 불빛들.

흙벽 아래 죄 많은 육신을 꼭꼭 씹어 삼키는 수레가 지난다
하여 처음 생긴 사람으로 당신의 그림자에 내가 기댄다
오아시스는 호랑이 같았다 언덕은 해부대였다
구름은 검시관처럼 볏짚 인형처럼
사지에 바늘을 꽂고 누워 떠내려갈 때,

머리에 백라관을 쓴 황금 미라가 석관 모서리에
손톱을 분질러가며 당신의 이름을 꾹꾹 새겨넣는 소리
하늘에 우는 새에게도 이름이 있듯
피리이거나 대롱이거나 관(管)이거나 한
울음의 끝에서 한 울음의 끝으로 옮아가는 울림이 있듯,

내 영혼의 수계에서 당신의 Electric Lady Land까지
내 마음의 기린 골짜기에서 당신의 흑요석 심장까지
당신에게도 전생이 있다면 우린
이 세상에 계속해온 참상들을 보려고 온 사람이 아니다.*

* 김종삼.

악공을 위한 묘지(墓誌)

정사년 모월 모일 전갈좌의 빛을 받아 어미의 몸통을 찢고 태어났으니, 그는 자살한 기타리스트 파란달의 현신. 그 목소리 형형하여 12음계를 구사하는 첫울음이었고, 그 머리칼은 황금빛에서 은빛으로 아스라해지는 여운이 마치 여섯 현(絃)처럼 반짝였다.

내 일찍이 알이나 궤짝을 열고 난 이는 들어보았으나, 그의 어미는 Electric Lady라 했으니 이른바 전자 기타. 어미를 사모하는 지극정성이 어미를 물고 뜯기가 삼백예순날. Electric Lady의 자궁을 울리며 쏟아지는 따듯한 비나뭇잎의 옷을 벗기는 신기(神奇)였으니, 이 또한 나비를 불러들이는 화첩이며 떡방아를 찧어대는 음악이며와 같았다.

때가 되어 그가 찾아간 곳은 인제군 기린 골짜기였으니, 안개의 깊이가 화부의 봉두난발에 가까운 곳이라 자취를 찾을 길 없다. 다만 골짜기 이쪽저쪽을 울리는 슬픈 짐승의 곡소리, 범이 움츠려 발톱을 감추게 하고 새가 소스라치며 날개 펴게 하여 인간의 출입이 없었던 어언 다섯 해, 그가 돌아오니 그로 미루어 짐작할 따름이다.

전갈의 꼬리로 찌르는 듯, 열 손가락에 못을 쑤셔박는 듯, 여인의 다리털을 밀어내는 듯 길고 느린 피킹, Electric Lady의 울음소리 서울 거리에 그친 날이 없었다.

걸어가는 그의 등뒤로 공명하는 거대한 오라, 황금 나비 떼 난무하는 듯. 차를 달리고 총을 쏘며 주먹을 뽐내는 이까지 눈물을 흘리지 않은 이가 없었다.

그 하루 중에도 근육은 엿가락처럼 늘어져, 마침내 그는 어미 Electric Lady를 가슴에 품고 눈동자밖에 움직일 수 없는 지경에 이르렀다. 세상은 그를 변두리 클럽으로 내몰았다. 청중을 등진 채 뿜어내는 광채, 머리칼에 맺힌 땀방울, 빛나는 속눈썹이 어른거리는 귓불, 누구도 그 얼굴을 본 적 없으니 오늘에 이르러 초상 한 점 남지 않았다.

악마의 손놀림을 완성하고 그는 갔다. 세상은 육손이가 아닌 이상 불가능한 연주라 단정했으나, 그를 기억하는 이들의 꿈속에는 여전히 미친 새 한 마리 부리에 면도날을 물고 동맥을 난자하는 몽상곡을 휘날렸다. 그의 손가락이 녹아든 음악은 거리에 피를 뿌리며 나뒹굴었고, 그가 떠난 자리 Electric Lady만 영원히 살아 운다.

그리고 풀잎은 밤새 고인 눈물 떨구고
몸을 튕겨 날아오르는 것이다.

무엇에 귀의하기 위해 여기까지 날아왔는가?
시린 발바닥 주무르면 깊어가는 현의 골짜기.

갑신년 모월 모일
그를 기려 적다.

만년 후

남해 어디 갯바위에 발자국 남기고 돌아섰다고
내린천 돌아나는 물길에는 늘상 구름 현이 열둘이라고
서해 건너 고비사막까지 서걱거리는 것은 울분이라고
울분 거슬러 송화강 흑룡강 지날 때
지게 위에 멍석 이불 덮고 하늘만 노려보았다고
불어오는 바람에 설핏 전생이 코끝을 스쳤다고.

하늘을 나는 새의 이름도 모르고 그 새
날개 접고 발을 숨기는 깃의 속사정도 모르는 게
당신이라고 그 새
부리가 겨누는 것은 저만의 노래로 주검을 불러모으는 급전직하의 찰나.
끝 간 데 없음과
끝 간 데 있음 사이
아지랑
아지랑
자진모리로 피어오르는 오라 속으로 걸어들었다고

봄빛
쏟아지는 꽃그늘 넘나드는 옷자락은
음으로 지어 만든 옷자락
만년 후에 내가 있어
영원히 닮지 않았다고 인간이 아닌 영혼에까지 맞춤했다고.

3부 모든 영혼에는 파수꾼이 있다

— 코란

두 팔 벌리고 하늘 향해 솟구쳐오르던 이카로스 촛농이 비 되어 지상으로 다시

겨우내 봄을 찾아 헤매던 눈사람 식어버린 난롯가에 목탄 눈썹과 모자를 남겼다 눈 비린내의 다비식 주검의 물웅덩이 위엔 무수한 인광 살기로 빛나는 뼛조각

*

아버지는 술병 속에 들어가 취기의 총상으로 부풀었다 나는 머릿속에 눈사람을 키우며 가출을 계획했다 기억의 말뚝에 목맨 고집 센 염소처럼 넝마가 되어 번번이 되돌아와야만 했다 어머니는 대나무 발에 김밥을 말아 칼질했다 깊어진 도마 위에 칼자국 상처의 골짜기를 그득 메운 채 넘실거리던 유년의 저물녘 아무리 씹어도 목구멍을 솟구쳐오르던 질기고 질긴 가난의 고깃점

*

고삐 풀린 염소의 뿔은 말뚝을 벗어나 햇빛을 좇는다 태양은 구름 위로 솟아오른 붉은 두개골 기계충을 머리에 이고 햇빛 살비듬을 난사하는 기관총 하얀 탄피의 뼛가루 무시로 퍼붓던 나날 부러져 나뒹구는 염소 뿔 피칠갑을 한 채 배배 꼬인 삶의 생채기

뉴스를 보는 시간의 시학

반지하 방에 산다. 외눈을 껌벅이며
밤마다 활자가 걸어나온다.
당신은 활자의 파수꾼 나와 술잔을 기울인다.
꽃병이 넘어진다. 울진에서
진도 5.2에 해당하는 지진이 일어난다.
흔들리는 집안에 활자들이 출렁인다.
당신의 머리칼도 출렁인다. 오늘
생과일 보디로션 향이 향기롭다.
버스 노조가 일주일째 파업이다. 쉼없이
당신은 걸어나온다. 당신은 곧장
모니터 속으로 들어간다. 이를테면
시가 된다. 내가 된다. 그러니까
그러나, 그리고, 그래서,
당신은 내 아내가 된다.
당신은 내 미래를 앞지른다. 만취한
당신은 행간에 모로 쓰러진다. 한 소년이
총을 맞고 쓰러진다. 5월
꽃이 핀다. 봉구 혹은 알리라는 이름의
활자를 쏟으며 당신은 모니터 속에 잠든다.
그 자리에 그렇게 잠들었을 것이다.

이층집

그다음 날, 엉망으로 배부른 달을 가르고 아비 걸어 나온다 누군가 이층으로 오르는 계단을 끊어버린다 동지 지나고 이불 속에서 무수하게 불어나는 방 아들은 가장 은밀한 곳에 물음표로 몸을 누이고 누군가 아비의 얼굴에 손톱자국을 낸다 그다음 날, 아비 문밖에 울고 있다 아들은 자살 중독자 아비는 가출 중독자 손목에 그려진 붉은 오선지들 아들은 이불 속에서 꽃가루 눈물을 흘린다 눈물길을 따라 나란히 걸어가는 아들은 자살 중독자 아비는 가출 중독자 손목을 긁으면 아름다운 화음이 울린다 그다음 날, 아비 술병을 들고 아들의 귓속으로 뛰어든다 이층으로 오르는 계단을 찾는다 아들의 귓속을 구르는 깨진 술병 조각 고막을 짓이기며 밤새 들려오는 울려고 내가 왔던가 웃으려고 왔던가 비린내 나는 이층집에서 그다음 날, 아비를 가둔 아들의 귀는 절벽이다 찬비 내리는 밤 서서히 하늘로 오르는 이층집 날아가는 집 아들은 이불 속 미로 복판에서 울려고 내가 왔던가 웃으려고 왔던가 아비 달의 배를 가르고 들어갈 때 비린내 나는 이층집에서 날아오르는 이층집에서 그다음 날,

무성(無聲)

일요일엔 모두 교회로 몰려갔다 식칼을 품은 종소리가 오래
대숲에 머물고 정오에는 아리랑풍의 가스펠이 골목 여기저기에
묻었다 마른 대나무에 묶인 줄 위에서 한 껍질의 치마들이 바삭
바삭 말라갔다 시누대를 들고 함석 대문들 두들기는
이마에 무릎에 조개껍데기를 박은 아이들 팔이 없는 아이들,

문고리를 붙잡다가 장롱으로 들어가고 다시 천장으로 기어올라도
밖이었다 처마 아래서 손사래를 치며 포자로 굵어지는 우산이끼 그늘에도
여자들은 없었다 어떤 날은 감나무가 옆집으로 넘어갔다 낮달이 뜬 오후
옆집 감나무와 엉겨붙어 동짓달에도 감꽃이 퍼붓고 까만 손등으로
넘어지고 또 일어서는 잠지 끝에 선 아이들,

언덕을 넘어가는 밥상구름 아래 기어다니고 어느새 자라
서까래를 마당을 짊어지고 마을 끝에 모여 불을 지폈다 어딘가 바다에 보리가 패고
녹색 귤과 유자가 서로 그윽해진다는 먼 곳 풍문으로

귀를 적시는 날에는

온 식구가 밥상 위에 모여 무성생식에 몰입했다 낱장 달력의 마지막

31이 찢겨나가고 이후론 영영 흙빛 골판지의 날들 수챗구멍 들썩이는 태양의 날들

하나 둘 셋 해진 홑버선 속으로 당산나무가 앞서 걸었다.

성묘

1977년,
'유전은 밥상머리의 난투극'이라고 썼다.
오이디푸스는 제 아비 처용을 때려죽이고
실종됐다는 풍문이다.

내 증조할아버지는 아흔둘에 노환으로 죽었다 평화롭게. 내 할아버지는 여든여덟에 노환으로 죽었다 평화롭게. 내 아버지는 예순을 맞았다 평화롭게.

죽음을 향해 걸어가는 이 무뚝뚝한 항렬(行列)의 연쇄.

갑작스레 서로를 닮아버린 모반의 개인사.

성묘길의 신동옥씨와 그 아비들

성묘는 길을 벗어난 자리에서 한 걸음
한 걸음 산 자와 죽은 자의 삶이 뒤엉킨 길로
이어진다. 발목에 밧줄을 엮은 채
모든 아비들은 열쇠를 들고 앞장선다.
지나온 길을 이 유서 깊은 삶 바깥으로 꺼낼 준비를 하며*
계속된다.

* 릴케, 『로댕론』 가운데 : "지난 시절을 이 유서 깊은 도시로부터 들어내어갈 준비를 하고 서 있다고 로댕은 느꼈다."

중국인 유학생

메뚜기는 메뚜기의 언어로 말한다. 바람이 불면 상하이에서 인천까지 날아온다. 인천에서 서울로 오는 방법은 수만 가지다. 그들도 그렇게 왔을 것이다. 동사를 강조하며 그들은 말한다, 목적과 수식을 줄줄이 매달고. '하여주세요, 빨리, 수강 신청?'

왕리? 신칭? 내 골머리를 썩이는 그들의 이름이 생각나지 않는다. 그들은 둘이고, 여자, 그것도 국문학 전공, 아마도 한족. 무엇보다도 집이 필요하고, 먹을 걱정과 입을 걱정이다. 시론 시험에 그들은 답을 적지 못했다. 우리는 다른 나라에 있다. 우리는 왕십리의 언어로 말한다.

*

왕십리는 남의 나라다. 그들은 외국인 등록증을 갖고 실용 영어 회화를 듣는다. 원어민 강사는 영어로만 말한다. 학칙으로 보장받은 그만의 자유, 영어는 그들의 혀를 찌르며 의미를 강요한다. 부라보콘을 들고 원어민 강사가 걸어간다.

메뚜기의 언어로 말하는 메뚜기는 행복하다. 그들은 내 이름을 알까? 이 시는 어느 나라 말에 종속되어 있을까? 우리는 왕십리에 미련이 없다. ×××××× -2222222, 외국인 등록증에 찍힌 이방인 숫자. 우리에겐 다른 언어가 필요하다. 그것은 상왕십리에나 존재하는 언어다.

비 오는 날

나, 동옥은 그녀, 동옥*을 만나기 위해
부산으로 갔다.
그녀는 여전히 무뚝뚝했다.
나, 동옥은 그녀, 동옥을 만나기 위해
익산으로 갔다.
그녀의 두 다리는 모두 썩어 문드러졌다.
나, 동옥은 그녀, 동옥을 만나기 지쳐
청량리까지만 걸어갔다.

빅토리아관광나이트 광고 전단지 러시아 무희
경쾌한 발걸음 공짜 양식을 일용하기 위해
찬송가를 부르는 노숙자 인력 대기소 문 앞
몸을 팔지 못한 일용 잡부들의 잠 잠

1953년 부산에 내리던 보슬비는 아직 그치지 않았다.
나, 동옥은 그녀, 동옥을 향해 고함쳤다.
2002년이 되도록 너, 동옥이 살아 있을 이유가 없다고.
그녀는 여전히 무뚝뚝했다.
그녀는 여전히 그림을 그렸다.
1954년 리어카를 끌고 미군 부대로 들어간
오빠, 동욱은 2002년이 되도록 돌아오지 않았다.
그녀는 여전히 미군의 초상화를 그렸다.

롯데백화점을 돌아, 돌아 인육에 반사된

붉은 등 붉은 등 끝없는 붉은 등 관광
특별 지구의 시계탑 위로 왼쪽 다리 잘린
비둘기들의 비상, 비상 끝없는 비상

나, 동옥은 그녀, 동옥을 만나기 위해 청량리까지만
걸어나갔다. 1953년 부산에 내리던 보슬비는
아직 그치지 않았다.
1953년 이후 줄곧 그림 속
페퍼 하사(Sgt. Pepper)의 우울한 얼굴**
피 묻은 왼쪽 턱을 괸 채 술잔을 기울이고 있다.
그녀를 만나고 돌아서며
나, 동옥은 그녀, 동옥을 향해 고함쳤다.
너, 동옥은 너 하나로 족하다고.
1953년의 비를 여태까지 견뎌내고 있다고.

* 손창섭, 「비 오는 날」(1953) : 오빠 '동욱', 여동생 '동옥', 화자 '원구', 내 이름 '신동옥'.

** 비틀스, 〈Sgt. Pepper's Lonely Hearts Club Band〉(1967).

호박벌

저녁 벌이 들자 꽃은 닫히더라, 호박꽃-감실에서
온몸에 꽃가루 뒤집어쓴 채 잠드는 날 많았다.
실어내가지 못할 화수분을 잔뜩 안은 채 날개 접는 충매(蟲媒)의 나날은 길었다.
이마를 쓸어내릴 때마다 켜켜이 쌓인 꽃가루 난분분.

살이 썩고 뼈가 삭아 당신 영영 간다더라, 쓰디쓴 눈가를 훔치며
팔은 팔대로 다리는 다리대로 묶었다 90 평생 갈라터진 틈새 구멍마다 솜을 틀어막았다.

덩굴손만 있으면 천지 사방을 악착같이 감아오르는 오기!
당신 떠돌던 이편, 호박은 오각의 단단한 줄거리를 뻗어 나를 옥죈다.

꿈, 초입 당산나무 아래서 당신을 만났지만 당신은, 나를 가두는 꽃잎만 여미다 또, 가고.

일족은 누렇게 모여 삶은 호박을 쪼갰다 극에서 극으로. 빈속에 하얗게 매달린 씨앗을 헤아려 쟁반에 올려놓고, 아비는 아비 몫의 뼛조각을 어미는 어미 몫의 살점을 버러지는 버러지 몫의 핏덩이를 물컹, 물컹 헛씹는 날 많았다.

저녁 꽃은 열리고 줄기는 덩굴손을 놓더라, 화수분
화수분 악착같이 불어나는 꽃-신줏단지마다
당신의 90 평생을 휘감아돌며 파득파득 우는 벌이 있어

호박꽃, 바깥세상은 여태 노을만 뚝뚝 듣는 어스름.

하릴없이 덩굴손을 접는 줄거리 억센 넝쿨은 시들어
채찍처럼 비 뿌리는 날 많았다.

앵커우먼

그녀는 날마다 등장하고 우리에 대해 말할 권한을 갖는다.

TV 혹은 거대한 복시(複視) 속에 그녀와 나는 겹친다.

어금니를 포개고 그녀는 영국으로 가겠다고. 왜 항상 마무리 멘트는 남자의 몫인가?

가지런히 포갠 기사 뭉치를 탁탁 두드리며

빨간불이 들어온다. 뉴스는 생방송이다. 살인, 방화, 횡령, 전쟁은 실시간이다.

반복되는 위기 속에서 당신의 행복을 어떻게 지킬 건가요?

그녀는 마무리 멘트를 써놓고 만족한다. 반복되는 반복되는

아홉시다. 나는 그녀의 대본 속으로 기어들어간다.

아무도 뉴스가 생방송임을 대본이 있음을 의심하지 않는다.

아홉시다. 나는 스스로에 대해 말할 권한을 박탈당한다.

그녀는 어조를 리듬을 박탈당한다. 객관적 사실, 육하원칙

진리는 항상 내가 모르는 어딘가에서 관철되고,

그녀는 스스로에 대해 토로해서는 안 된다. 데스크에는

항상 우리가 모르는 무언가가 도사리고 있다.

그녀는 어금니를 포개고 *아.아.이.이.오.우.우.*

영.국.으.로.가.고.말.겠.다.

그녀는 춤추는 거대한 입술.

살인범이 인육을 먹었다. 폭식증 환자가 소파에 들러붙어 죽었다.

그녀는 거대한 혀를 내밀어 내 눈알을 핥는다.

그녀는 쉴 새 없이 우리에 대해 말하고, 나는 무엇이 내 감정의 수위를 조절하는지 모른다.

아홉시다. 어딘가에서 거대한 촛불의 행렬이 일어난다. 대관절 왜?

아내의 유방이 부풀어오른다. 남편의 성기가 일어난다. 딱딱하게

정치 뉴스만큼 에로틱한 진실이 어디 있을까? 온몸에 피가 솟구치게 하는

나는 발가벗긴 수박 껍질 위로 나는 파리떼를 본다.

전세 2년, 22평, 5천만 원, 건조한 문패 안에도 뉴스는 도사리고 있다.

그리고 마침내

그녀는 영국으로 떠나고 여전히 우리에 대해 말할 권한을 갖는다.

하— 걱정 마라.

아홉시 사십분, 수박 껍질이 말라비틀릴 무렵 나는
비로소 우리의 미래를 만난다. 폭염이 끝났다고,
태풍이 몰아친다고. 이것만은 분명한 사실이다.
그녀는 항상 돌아올 것이고, 반복되는 반복되는

아홉시는 항상 이 자리를 지킬 것이다. 머지않아 다른 세포를 지닌 아이들이 일어나 걷기 시작한다.

아홉시다.

반복되는 위기 속에서 당신의 행복을 어떻게 지킬 건가요?

맥주를 쏟아부어라.

하루치의 진실은 이미 김이 샜다.

아비 정전

아버지와 복분자 기울인다.
술상은 낮고 좁아서 붉고 배부른 술병을 간신히 받아내고
잔 기울일 때마다
복분
복분
무릎과 무릎이 이마와 이마가 맞부딪다가 뒤집히다가
아버지 간신히, 이순의 턱을 괴고 잠들었다.

이순(耳順), 크고 순한 귀를 내게 열어놓고 아버지
발끝에서 정수리까지 온몸의 주름을 양미간에 몰아넣고 아버지
숨 들이쉴 때마다 주름 깊다.
겹겹으로 쌓아올린 승리의 약자 같다.

널브러진 술잔 사이로 아버지 내리 물림한 두통은 뜨거운 돌처럼 홧홧한데
낮고 좁은 술상 한나절 술추렴으로
아들은 비루먹은 서른의 두 팔을 뻗는다.
비명횡사의 가족력,
협곡을 건너 마주한다.

완강한 주름의 책.

밀교 경전을 넘기듯 주름의 페이지를 넘겨보지만
한숨과 감탄사의 목록
소금과 설탕의 목록
눈물과 수정의 목록
미처 해독해내지 못한 결들은 아버지 당신 몫으로 취한다.

한 해 한 페이지씩의 살점을 아들에게 떼어주고
남은 몫으로 순한 날개를 펄럭이는
아버지 비밀한 경전이 되었다.

행진

오르간으로 시작하는 프롤로그
모든 프레이즈를 외웠다고 생각하는데 아무도 노래하지 않는다
전인권은 빨간 지붕 위에 올라 위성 안테나를 들고
그것만이 내 Life를 한번 더 외친다 모든 비밀이 풀렸다고 생각하는데
행진은 계속된다 국가가 개인으로 하여금 마약을 즐길 자유를 억압할
권한이 없는데 전인권은 20년째 선글라스를 고집한다

비가 오고 중국의 연안 6성이 파도에 휩싸인다 오늘
당신은 배불뚝이 대머리 임을 위한 행진곡과
행진을 오가며 무좀균이 걸어가는 탁자에 휩싸인다
커피는 당신 손으로 미스 김은 당신을 사랑하지 않는다
당신의 아내도 당신을 사랑하지 않는다 정치적인 이유로
대통령이 서태지를 지지한다 마침내 2000년 6월 15일
그들은 북한으로 행진해간다 당신의 과거는 비록 어두웠지만
Styx와 들국화의 유사성을 곱씹는 사이 당신의 행복한 미래는
갑옷을 입고 지옥의 강을 더듬어 포복한다

예비군복을 어디 뒀더라? 10년 만의 폭염이라는데!
당신은 불 꺼진 사무실에서 아직도 행진 감자 값이 두

배는 올랐다는데
  철없는 아내도 텅 빈 부엌에서 행진 감자볶음을 저녁
상에 올린다
  행진 계산기는 항상 엉뚱한 미래를 계산해낸다 내일
아침
  내팽개쳐진 월말 결산 보고서 속으로 찢어지는 보컬에는
  아직 혁명적 요소가 남아 있는 것 같다?라구요??
  당신의 아들은 아직 서태지가 누군지도 모른다 하물며
행진
  당신의 미래는 항상 밝을 수는 없지만 행진 내일 아침
엔 바람이 분단다
  미스 김의 빨간색 원피스가 기대된다 사무실 문을 열
고 상큼하게
  행진
  행진

지구본 돌리는 밤

지구는 둥글다.
머릿속에 지구를 펼치면 한 장의 종이가 된다.
대부분의 나라들이 그 가운데 제 땅을 놓는다.
지구는 돈다, 도니까 돌아 돌아 한순간
쌀나라가 아름다운나라로 둔갑한다.
어딘가 한국이라는 나라가 있고
우리는 아직 한국에 대해 잘 알지 못한다,
북극이나 남극에 매머드가 사는지
시베리아 숲속에 비단구렁이가 있는지도.
에스키모는 세상의 중심에 자신의 이글루를 얹는다.
얼음 벽돌 아래 적도가 얼어간다.

瑞西(서서) : 스위스
俄羅斯(아라사) : 러시아
南加州(남가주) : 캘리포니아
나의 용기는 호텔 캘리포니아와 남가주장 사이를 머뭇거린다.
한국은 북한보다 작다. 지구는 도니까
지구를 찢어 한 장의 종이로 만들어 들여다보면
그 나라가 있다 이상한 나라들.
미묘한 한랭전선이 베이징에서 평양으로 남가주로 이동한다.
손가락을 들어 서울을 짚고 이마를 만지는 오늘밤

나는 내 시를 껴안고 자랑차게 '敗北패북'한다.

토끼랄지 호랑이랄지
한반도는 폭력적인 은유 속에 몸을 숨긴다.
김정호가 걸어간다. 개마고원을 향해 무한히
큰 배와 수레, 사다리의 길을 따라 대나무 자를 들고
대동여지도 속에서도 확실히
한국은 작았다.
우리는 여태 한국을 발바닥으로 호흡한다.
땅거죽을 걷어내면 어딘가 부름켜가 자란다.
지구는 돌면서 커가니까

북극에서 남극으로 기다란 막대기가 꽂혀 있다.
양극을 관통하는 거대한 관(管)이 있다.
머릿속에서 지구를 돌리면 꿈틀거리는 맨틀
용암이 솟구쳐
지구는 돈다.
돌면서 커간다.
발아래 꿈틀거린다.

태 무덤

어미들은 망나니의 딸이었다.
아이들은 양은솥에서 태어났다.
쇠죽 쑤는 냄새를 풍기며 자랐다.

배꼽과 배꼽을 잇대고 견뎠다.
가슴이란 가슴은 모두
가두고 메우고 채우는 우리에 가까웠다.

우리 부족은 전생에 많은 죄를 지었다.
서로의 뺨을 비비며 볼을 타고 흐르는 눈물을 핥으며
마주 취해간다.

아이들에게는 잠자리가 없다.
장롱 속으로 기어들면 어김없이 작은 상자 속에
콩깍지 같은 태뭉치가 여태 자라는 지금,
간단없이 안을 밖으로 밖을 안으로 까뒤집으면
죄와 짝을 이루는 지옥으로 탈바꿈한다.

아비들에게는 강한 쇄골이 있고 늑골이 있다.
갈빗대를 만지작거리면 뭉클,

밤이다.
태 무덤 속이다.

이슬 연금술

이 집은 숨막히도록 투명하고 가슴 먹먹하도록 습하고 또 어둡다.
산 자도 죽은 자도 이 집에 드나들 때는 가슴부터다.
당신의 입김 숨결 몇 낱으로 이 집은 와락 주저앉는다.

새벽달이 집의 내밀한 곳을 방문한다.
순간 하계는 월식이다.
지붕 위에서 태양은 빳빳해졌다 납작해졌다.

풀잎, 한 개 성채를 걸머지고 이쪽과 저쪽을 끌어당겨 팽팽한 균형이다.

나는 지금 물방울의 심장을 응시한다.
쿵! 쿵!
불붙는 도화선처럼 총알이 강선을 빠져나가듯 순식간에 파국.

다른 우주를 비추는 태양이 귀를 모으고 집의 주검을 수습한다.
바람은 숨쉬는 숨죽인 자들의 귓불을 퉁긴다.

풀잎에 돌이 얹힌다,
한 개 성채가.

요들링

처음 앵두를 씹었을 때의 씨와 과육
과육은 금세 혓바닥에 몸을 숨기고 씨앗은 다른 땅을
꿈꾼다. 느낌만으로 분리 불안이라고 되뇌는
어느새 한없이 솟아버린 옥탑

철제 빙돌이 계단에 걸터앉아 무릎을 까딱이며
요들링, 혀가 혀에 감기듯, 만일
내가 사막에 뿌리내렸다면 다른 노랠 꿈꿨을 테지.

요들링, 영혼의 각질은 서늘해 건조한 음악들
새벽을 건너는 로-파이
엷은 공기의 밀도를 헤아리다보면
만취한 손마다 저도 모르게 쥐어진 반짝이는 칼날

어느 먼 곳을 꿈꾸었을까? 언제고 멀리 떠나기 전
이 집은 내 삶에 놓은 맨 처음의 공리
내가 부르면 내가 대답하는 돌림노래들

천장의 모빌은 허공을 빙빙 돌며 홀로
요들링, 또 요들링
하늘 멀리서 바람에 불려온 머리칼은 금세 자라
모빌을 친친 동여매고 요들링을 더욱 높이 들어올려

그 많은 노래는 모두 어디로 갔을까?

모두 하늘로 올라가버리면 무엇이 남을까?
처음 앵두를 씹었을 때의 씨와 과육처럼
툭 툭 틱 톡 그리고 요들링, 요들링뿐.

문학동네포에지 030

악공, 아나키스트 기타

초판 인쇄 2021년 7월 30일
초판 발행 2021년 7월 31일

지은이—신동옥
책임편집—유성원
편집—김민정 김필균 김동휘 송원경
표지 디자인—이기준 백지은
본문 디자인—이주영
마케팅—정민호 김도윤
홍보—김희숙 함유지 김현지 이소정 이미희 박지원
제작—강신은 김동욱 임현식
제작처—영신사

펴낸곳—(주)문학동네
펴낸이—염현숙
출판등록—1993년 10월 22일 제406-2003-000045호
주소—10881 경기도 파주시 회동길 210
전자우편—editor@munhak.com
대표전화—031-955-8888 / 팩스—031-955-8855
문의전화—031-955-3576(마케팅), 031-955-8865(편집)
문학동네카페—cafe.naver.com/mhdn
트위터—@munhakdongne
북클럽문학동네—bookclubmunhak.com

ISBN 978-89-546-8010-3 03810

www.munhak.com

문학동네